JN119656

マドンナメイト文庫

巨乳むちむちロリータOL 処女奴隷のコスプレ恥獄

天城しづむ

目次

contents

巨乳むちむちロリータＯＬ　処女奴隷のコスプレ恥獄

プロローグ

人生で初めてできた恋人の借金連帯保証人になった。

その恋人が蒸発して多額の借金だけが残った。

詰んだ。

準大手の証券会社ココノエ証券の経理二課。そこに勤めるＯＬ・芦田悠奈《あしだゆうな》は、内心の動揺を必死に押し隠しながら、慎重にパソコンの操作を行なっていた。

「大丈夫……きっとバレない……社内監査は先月終わった……次の監査までに辞めればきっとバレない……」

口の中で、ぶつぶつと呟《つぶや》き、ＰＣモニタにいかにも通常業務を思わせるウィンドウを多数表示させながら、しかし、その裏では会社の重要な帳簿に関するシステムにアクセスする。

いわゆる「ほったらかし資産」と呼ばれる超長期スパンの金融商品の顧客データを改ざんし、自分がこっそり作った架空名義の口座に少しずつ金額をプールする。

もちろん、それは法律にも社内規定にも反する完全な犯罪行為なのだが、切羽詰まってしまっている悠奈に心のブレーキを踏む余裕はない。

「よし……よし……よし……！」

架空口座に目標の金額がプールされたことを確認し、悠奈は何食わぬ顔でシステムからログアウトする。そうして、そそくさとデスクの整理を済ませると、高鳴った心臓を深呼吸でゆっくり鎮《しず》め、バッグを肩にかけて経理二課長のデスクに歩み寄った。

「か、課長。今日は午後半休をいただきます」

「はいはい、聞いてるよー。ゆっくりお休み」

人のいいアラフォーのバリキャリ女性課長は、柔和な笑みを浮かべて悠奈を見つめ、そして、ほんの少し眉を動かして言った。

「悠奈、アンタ顔色悪いわよ？」

「あ、ちょっと調子崩してまして……」

「ふぅん、何か心配事があったら、すぐに相談するんだよ？」

「あ、はい……」

上司の直截《ちょくせつ》的な優しさに悠奈はホッとする反面、こんなに優しい上司を欺《あざむ》いて犯罪に手を染めてしまった自分に、激しい罪悪感と嫌悪感を覚える。

「ありがとうございます。お先に失礼します」

なんとかそれだけ言うと、悠奈は頭を下げて逃げるように退出した。そして、部屋を出ようとした瞬間、うつむいて床を見ていた悠奈は、目の前に人がいることに気づかず、そのまま軽くぶつかってしまった。

「きゃッ！」

「おっと」

ヘッドバットの要領で悠奈の額が男性の胸にぶつかる。その衝撃でバランスを崩した悠奈だが、男性がとっさに悠奈の肩を支えてくれたので、なんとか転倒はせずに済んだ。

「あ、あ……その、すみません！」

瞬間的に身を離し、深々と頭を下げる。

「えと、あ、相沢《あいざわ》さん……？」

「芦田……悠奈ちゃんだっけ？　前を見てないと危ないよ」

男性は事務作業服を着た四十がらみの労務課員で、名前を相沢国次《くにつぐ》という。彼は、悠奈でも名前を知っているほどのココノエ証券の名物社員だった。

何が名物かというと、労務三課という部署に所属はしているが、同じ労務部の社員ですら、彼が(そして労務三課が)どんな業務に従事しているのかまったく知らないらしい。さらに、彼はココノエ証券本社ビル内の至る所で目撃され、またその目撃される時間も早朝から深夜までと多岐に渡っており、それゆえにココノエ証券のヌシ的存在に見られているのだ。

「もう帰り?」

「は、はい、半休で……」

「そ、気をつけてお帰り」

素っ気なく答えると、相沢は悠奈と入れ違いに経理部へと入っていった。

悠奈は再び高鳴った心臓を苦労して鎮め、過剰なほどに周囲に気を配りながらココノエ証券をあとにした。

第一章　どうやら処女を捧げるようです

芦田悠奈を端的に表すと、地味で背の低い、どこにでもいる目立たない女子だ。

親が転勤族だったために少女期は転校の連続で、なかなか親しい友人が作れずに内向的で陰気な性格に育った。それでも大学時代はわずかながらも同類の友人を得て、かろうじてぼっちにはならずに済んだが、当時から恋人を作るなど夢のまた夢の話であり、二十八歳の今に至るまで処女である。

体型はいわゆるトランジスタ・グラマーと呼ばれる、低身長のわりに胸と尻が大きく張り出した体型で、学生時代の口さがない同級生からは、陰で「ドワーフ」と揶揄《やゆ》されていた。よく見れば整った顔立ちをしているのだが、多毛症かと思うくらい、もさもさ、とした天然パーマのロングヘアと丸顔童顔のせいで、アラサーなのに学生に見間違われることもしばしばである。

そんな彼女は学校の成績はよく、父親の職業が金融系だったことでコネもあり、大学卒業と同時に業界準王手のココノエ証券に入社することができた。以来、親元から独立し、一人暮らしをしながら真面目に業務に励み、その堅実な仕事ぶりで、周囲から密かに高い信頼を得ていた。

そんな、ほどほどに順風満帆だった人生の歯車を狂わせたのは、初めてできた恋人だった。

友人の友人の、そのまた友人から紹介されたその男は、背が高くハンサムで、かつ口調も優しく朗《ほが》らかであり、男性に免疫のない悠奈は数回会っただけであっさりと籠《ろう》絡《らく》されてしまった。そうして、しばらくは健全で清い男女交際を続けていたのだが、あるとき、不意に男は悠奈へ借金の連帯保証人になることを強要してきたのだ。

「起業するために必要な資金」と説明されたが、詳しい内容を質問しても曖昧な返答ばかりで、もちろん悠奈は何度も拒否をした。しかし、度重なる懇願と、ついには別れ話を切り出されたことで根負けしてしまい、彼女は一千万円の借用証文に判を押してしまったのだ。

そして数日後。男は忽然《こつぜん》と悠奈の前から姿を消し、それ以降まったく連絡が取れなくなった。心当たりをすべて当たったが行方は杳《よう》として知れず、悠奈に残されたのは多額の――一千万の借金だけとなった。

茫然自失の悠奈だが、男が蒸発した翌週には、まるで図ったかのように――というより図っているのだろうが、強面《こわもて》の借金取りが悠奈のもとを訪ね、彼女の意思など関係なしに利息の催促が行なわれ、払えないのならば両親に話を持っていくという脅しに近い通告がなされた。

両親にだけは借金のことは知られたくなかった。臆病な悠奈には「素直に告白して相談する」勇気がどうしても持てなかった。また、両親とは不仲ではないが、多少過保護に過ぎる両親にこんなことが知れたら、実家に連れ戻され、そのまま死ぬまで監視生活を送らねばならないように思えた。

視野狭窄《きようさく》に陥っていたこともあったが、進退窮まった悠奈は、とうとう会社の金を横領する暴挙に出てしまった。幸か不幸か、入社以来勤勉に仕事をこなしてきた悠奈にはそれなりの権限が与えられていたし、ＩＴに明るい彼女にはシステムの穴を突くオペレーションが可能だったのだ。

かくして、芦田悠奈は犯罪者となった。

「なに、これ……」

横領の翌日。半日かけて書き上げた退職届をバックに忍ばせた悠奈は、起《た》ち上げた自分専用のPCモニタに、「大至急」「最重要」のフラグがついた社内メッセージが表示されているのを見て凍りついた。

「ば、バレた……？　そんな、そんなすぐにバレるはずが……」

恐るおそる社内専用システムのチャットツールを開き、そしてそのメッセージを読んで、悠奈は再度凍りついた。

「い、い、異動辞令……？」

そこに表示されたのは、社長の電子印まで押された正式な部署異動辞令だった。

「異動先は……労務三課ぁ？」

とうとう声を張り上げた悠奈に、周囲の同僚が、「なんだ、なんだ？」とわらわらと集まる。

「芦田さん、どうしたの……え、なにこれ、異動辞令？　しかも、労務三課？　なんで？」

「ええと『労務三課の事務業務が煩雑になったため一年を目処《めど》に事務員として出向』って書いてあるよ。え、今日からじゃん！　引継ぎとかどうすんの？」

「なにそれ、ひどぉい、悠奈先輩カワイソー」

同僚が口々に囃《はや》し立て、それが癇《かん》に障《さわ》ってよけいに悠奈の頭を混乱させる。

「わ、私にも訳がわかりません、なんで急に……」

混乱のあまり悠奈が頭を抱《かか》えていると、不意に、パンパン！　と小気味よく手を叩く音が経理二課に響いた。

みんなが音のするほうを向くと、難しい顔をした経理二課長が腕を組んで立ち、はっきりとした声で言った。

「ほらほら、ティーンの少年少女じゃないんだから、無責任に囃し立てない。悠奈が困ってるでしょ！　自分の席に戻る！」

有無《うむ》を言わさぬその口調に、課員たちはバツが悪そうな表情でそれぞれの席に戻る。そうして邪魔者を散らしたあと、二課長は悠奈に近づくと、申し訳なさそうに言った。

「悠奈、そういう訳なの。突然で申し訳ないけど、労務三課に異動してちょうだい。デスクとPCは向こうで用意してあるそうだから、私物を持って移動して」

「あ、あの、引継ぎとかは……」

「割り振りはこっちで考えるわ。必要なことは社内メッセで聞くし……あのね、これ、社長辞令なの。断れないのよ」

「社長の？」

悠奈の頭の中に、社内報で見るごま塩頭のいかめしい老人の顔が浮かぶ。

「……行くしか、ないんですね」

「悪いわね。一年の辛抱よ」

もはやどうにもならぬと悟った悠奈は、ようやく、のろのろと身体を動かし、デスク回りの私物を集めはじめた。


「どこなのぉ……労務三課ぁ……」

業界準大手ココノエ証券は近年業績が快調であり、数年前に自社ビルを大都市郊外の複合スマートビルに移した。そのビルは、よく言えば環境と融合した近未来的な建築物だが、悪く言えばひどく複雑な構造をした迷いやすい建物だった。

「この前、プロジェクトマッピングで花火を見た中庭があそこだから……これを右手に見てまっすぐ歩いて……」

スマホに表示された地図と通路とを矯《た》めつ眇《すが》めつ眺めて、私物を収めたキャリーケースをずるずる引きずり、小柄な悠奈がのろのろ歩く。その雰囲気は陰鬱《いんうつ》そのものであり、同僚社員がすれ違っても、よくて会釈、大半の社員はまるで悠奈の存在に気づかないようにすれ違うばかりだ。

そうして、ようやく彼女は探し求めていたエレベータへと辿《たど》り着いた。

「なんでこんなにわかりづらい場所にあるの……えっ、このエレベータ、操作ボタンがない？　ＩＤ認証式？」

そのエレベータは、どの通路からも死角となる目立たない場所に設置されており、かつ、本来操作パネルが設置されている場所には、社員ＩＤを読み込むリーダーだけが設置されていた。

「……なんでこんなに厳重なの？　いったい何なの、労務三課って……」

恐るおそる社員証をタッチさせると、軽快な認証音が響き、エレベータの扉が音もなく開いた。悠奈が乗り込むと、やはりというかエレベータ内にも操作パネルは存在せず、彼女が乗り込んだ瞬間に扉は閉まり、行先を指定せずともエレベータは勝手に動きだしてしまった。

「ひ……どこに連れてかれるの……？」

未知の恐怖に、悠奈はもはや泣きそうである。体感的に下降して地下に向かっていることはわかるが、それがよけいに地獄を連想させ恐怖を倍増させる。

そして、彼女を乗せたエレベータはそれなりに長く下降し、不意に止まると、悠奈をとあるフロアに吐き出した。エレベータから降りた悠奈は、驚愕のあまり「なに、これ……」と呟《つぶや》いて動きを止めた。

そこは、それまでの簡素なビジネス空間とはまったく印象の異なる、たとえるならば、高級ホテルのロビーのような豪華で洒落《しゃれ》たエントランスだった。

並べられた本革のソファ、壁のそこかしこに飾られた絵画やタペストリ、幾何学的なオブジェ。それらが嫌味なく自然に並べられた空間の先に、やはり豪華な意匠のドアが存在していた。

「………」

もはや言葉も持てず、停止した思考の中で身体だけがオートマティックに動き、ノブを回しドアを開ける。そうして進んだその先には、

「遅かったね」

労務三課の相沢国次《あいざわくにつぐ》が待っていた。

「相沢さん……この、この部屋は……というか、このフロアはいったい？」

部屋はかなり広く、ビジネスビルに不釣り合いなバーカウンターやキッチンに大型冷蔵庫。ハイソな家庭のリビングにありそうな高級ソファセットや大型テレビなどが

ある。唯一ビジネスライクな置き物として、六枚モニタのごついPCが乗ったかなり巨大なパソコンデスクが部屋の奥に鎮座しており、相沢はその傍らに立っていた。今日の服装は昨日の事務作業服ではなく、ビジネスマン然としたシャツとスラックス姿である。

「とりあえず、そこのソファに座りなよ。コーヒー出すから。あ、ジュースのほうがよかった？」

「こ、コーヒーは苦手なので、ジュースのほうが……」

「ははは、イメージどおりなんだな」

おずおずとソファに座った悠奈の前に、とん、とオレンジジュースが入ったクリスタルグラスが置かれる。

「さて、と。いろいろと疑問に思うことがあると思うけど、まずは単刀直入に言わせてもらうよ」

「は……？　あ、はい、お願いします」

ちびり、とひと口飲んだ濃厚なオレンジの味と、対面のソファに座った相沢の柔和な顔つきと優しい声色《こわいろ》とで、悠奈は若干落ち着いた気持ちで返事をすることができた。

が、それは次の相沢の一言で、あっさりと叩き潰されてしまう。

「キミが作った架空口座だけど、もう凍結したから、入金も出金もできないよ」

「ひゃい」

「悪い男に騙されて借金、思い悩んで横領か――……あまりにテンプレートでいまいちインパクトに欠けるけど、当事者にとっては地獄だよね」

「あ、あ、あ、あの……」

「ああ、それと、勝手ながら借金はウチで引き取らせてもらったよ？　あのままだと、無駄に利息ばかりが積み上がるからね。借り元はウチ傘下のファイナンスだし、利息も良心的だから安心して」

情報が氾濫《はんらん》しすぎて上手《うま》く頭が処理してくれない。しかし、自分の悪事がバレてしまっていることだけは、働かない頭でも十分に理解できる。

「ご、ごめんなさい！」

座ったまま、悠奈が深々と頭を下げた。小心者の悠奈には、悪事の露呈は精神的に耐えきれないのだ。

「ゆ、許してください。何でも……何でもしますから！」

「ん？　今、何でもするって言った？」

「それは話が早いな。ただ、本題に入る前に俺のことを説明しておこうか」

「相沢さんのことをですか？」

「そう、俺のこと」

そう言うと、相沢は軽く周囲を見回した。釣られて、悠奈も部屋の四方をきょろきょろと見回した。

「悠奈ちゃん、この部屋を見てどう思う？」

そう聞かれて、悠奈は率直な感想を言うことにした。

「この部屋ですか……？　あの、王様の部屋みたいだな、って思いました」

「ほう、いい感性だね。まさしくそのとおりだよ。『王様の部屋』」

「えっと、でも、ウチの王様は違う人じゃあ……？」

悠奈の脳裏に、ごま塩頭のいかめしいおっさんの顔が浮かぶ。ココノエ証券の社長は、その名のとおり九重《ここのえ》さんのはずだ。

「長い話なんで省略するけど、十五年前に世界的な金融危機があったのは覚えている？　そう、ブラックマンデーってやつ。あのとき、ココノエ証券って、経営破綻の一歩手前まで、というか、経営破綻したんだよね」

「は、はい……」

「そんな話、聞いたことありません……」

十五年前というと、悠奈が入社する前の話だ。

「うん、これは極秘のネタでね。マスコミにも漏らしていないから、悠奈ちゃんも取り扱いには注意してね。でね、そんな経営破綻したココノエ証券に資金を注入して、株式を買い取って、事業を再生させた人物がいるんだ」

「そんな人が……」

「それが俺」

「はぁ……はぁ？」

驚いた悠奈がマジマジと相沢の顔を見た。

どこにでもいる中肉中背のおじさんに見える。よくよく見ればハンサムと言えなくもない風貌だが、巨大企業の経営破綻を救った大人物には思えない。

「当時の俺はフリーランスのトレーダーをやっていたんだけど、興味本位でココノエ証券を買収して経営再建にチャレンジしてみたんだ。とはいえ、実際に俺が現場であれこれ指図したのは三年くらいだし、あとは基本的に引き籠《こも》っていてメールで指示していたから、知っている人はかなり少ないけどね。今は役員くらいしか知らないんじゃないかな？」

相沢はさらっと話しているが、いくら経営破綻したとはいえ、上場企業のココノエ証券を個人が買収したのだ。相沢がいかに有能で、莫大な資金力を有する凄腕のトレーダーであったことが、経理畑だった悠奈には容易に想像できた。

「そんな人が、どうして労務課の平社員をしてるんですか？」

「経営再建が終わって暇だから」

「ええ……」

「というか、労務三課なんて存在しないよ。俺が社長に無理言ってでっち上げているだけ。この部屋も、新社屋作るときに嫌がる社長を無視して無理やり造ったんだ。『新社屋にボクん家が欲しい』って」

「ボクん家……？」

「そう。あっちのドアの先は寝室ね。バスルームやトイレもあるよ。デリバリー専用の出入り口もあるし、社内のコンビニを活用すればある程度のモノは揃うからね」

（だから、いろんな時間で相沢さんの目撃情報があるんだ……）

得心した悠奈に相沢はさらに続けた。

「俺は今でもココノエ証券の株式の過半数を所有している『王様』だから、『自分の城』に住みたいって思うのは自然だろ？　あと、社員のみんなと、なるだけナチュラルに触れ合いたいから、労務三課なんて架空の存在をでっち上げて、社内を自由に散歩できるようにしているのさ。はい、俺の話は終了」

「な、なるほど……」

かなり荒唐無稽な話だが、純真な悠奈は素直に相沢の話を信じた。

「で、次は君の話」

「ひゃい！」

「未遂に終わらせたけど、横領金一千万。これはすごい大金だ」

「う………」

「未遂だから刑事罰は受けない。ただ、会社としては何らかの処分は検討しなきゃならない。というより、問答無用で解雇だろうねぇ」

「そ、それは……」

口ごもる悠奈とは裏腹に、相沢はさらに弁舌を重ねて言葉を続ける。

「ウチの給料はけっこういいと思うけど、来月からは無収入だ。あー、でも、悠奈ちゃんは俺のファイナンスに一千万の借金があるんだよね。これを返してもらわないと、俺としても困るんだよねぇ……そうだ、君の両親に相談してみようか？」

「お、親には、パパとママには言わないで……」

「でもね、利息だけでもけっこうなものだよ？　払えるの？　無収入になる悠奈ちゃんに、利息、払える？」

「あぅ、それは……」

もはや悠奈は半べそ状態だ。後悔と罪悪感とが心をズタズタに引き裂いている。頭の中は靄《もや》がかかったように混沌としており、何も考えることができない。ただ、そんななかでも、両親にだけは一連の騒動を隠しておきたいと強く思う。

そんなふうに小さく震える悠奈を見て、相沢は不意に視線を横に向けると、変わらぬ口調で、何でもないように言った。

「さっき、さ。何でもするって言ったよね？」

「え……あ、はい」

「ひとつ、提案があるんだ。この提案を受けてくれたら、君の横領はすべてなかったことにしよう。そのうえ、君の借金も俺が払って帳消しにしてあげよう」

「えっ！　いいんですか？」

「ああ、いいとも。俺の提案を受け容れてくれるなら、ね」

「う、受けます！　何でもします！」

「……あのさ、まずは条件を確認したほうがいいんじゃない？」

悠奈が何も考えずに即答するものだから、逆に相沢がブレーキを踏んでしまう。

「えと、すみません……どんな条件でしょうか？」

「悠奈ちゃん、俺のオモチャになりな」

「お、オモチャ……？」

「うん、オモチャ。もちろん、エッチな意味でのね」

「えっち……？」

どこか現実感のない言葉に、悠奈が鸚鵡《おうむ》返しに言葉を発する。しかし、その意味をゆっくりと理解すると、悠奈の顔が、かーっと真っ赤に染まった。

「せ、性奴隷になれっていうんですか……？」

「言葉は悪いけどそのとおりかな。おっと、今の提案を交渉材料にして俺を脅そうとしても無駄だよ？　そのときには横領を未遂じゃなく事実化して、君はブタ箱行きだ」

さらりと言われた脅し文句に、悠奈の身がすくみ上がる。

「まあ、安心して。性奴隷といっても、そんなにひどい扱いはしないつもりだから」

「どうして、そんな……性奴隷なんて必要なんですか？」

「さっきも言ったけど、暇なんだよ。デイトレードはたまにやっているけど、若いころの情熱はもうないんだ。暇を潰すのにいろんなことに手を出したけど、俺って飽きっぽくてね。でも、女遊びはすごい好きだし飽きないんだ」

明け透けな相沢の告白に、悠奈が微妙な表情で頷《うなず》く。生殺与奪《せいさつよだつ》を握られている今の状況でないなら、不快感で何か理由をつけて席を立っていただろう。

そんな悠奈の表情の変化をまったく気にせず、相沢は話を続けた。

「あ、金はあるから、女に不自由はしてないよ？　だけど、商売女をここに呼ぼうとしたら、九重のおっちゃん——社長のことね——にバレて、即禁止にされたんだよね」

「それは、そうでしょうね」

いくら自分の会社とはいえ、百人近い従業員が勤務する場所に風俗嬢を呼びつけるのは、明らかに非常識だ。

「だから、会社にいて不自然じゃなくて、さらに自由に遊べる女の子がずっと欲しかったんだ。そこで、悠奈ちゃんに目をつけたってわけ。理解できた？」

「それは、はい……」

理解はできた。理解はできたが、納得できたかというと、もちろん別の話だ。

だが、追い詰められている悠奈には、どうしても他の解決策や、親に素直に告白するといった勇気を持つことはできなかった。

「……性奴隷になったら、横領も借金も帳消しにしてくれるんですか？」

「うん、約束するよ。それに、ずっとってわけじゃない。最長で出向期間の一年。一年経《た》ったら確実に元の部署に戻してこの関係も清算するし、その前に俺が飽きたら解放してあげるよ」

「少なくとも一年、飽きたら解放……」

一年は正直長い。しかし、飽きたら解放、という文言は、一筋の光、もしくは妖しい逃げ道として悠奈の心を効果的に揺さぶった。

悩んだ。横領を決めたときと同じくらい、悠奈は悩んだ。しかし、どんなに悩んでも、冴えた挽回策は閃《ひらめ》いてはくれなかった。

「……わかりました、相沢さんの、性奴隷になります」

絞り出すようにそう言うと、相沢はスケベ中年と形容するに相応《ふさわ》しい、だらしのないニヤケ顔を作った。

「じゃあ、まずは立って服を脱いで」

「ひっ」

極めて直截的な相沢の命令に、悠奈が短い悲鳴をあげる。

「ぬ、脱ぐんですか？」

「ああ、ブラジャーとパンティはそのままでいいよ。俺もそんなに鬼じゃないから、初めは下着姿からいこう」

もちろん、下着姿だけでも凄まじい抵抗感がある。だから、悠奈は許しを請おうと、そっと相沢の顔を窺うが、そのスケベなニヤケ顔に変化はなく、むしろ「早く」と急《せ》かすほどだ。

「あうぅ……」

覚悟を決めて、というより、混濁した精神に弱気な性格では相沢の命令に抗しきれず、悠奈はゆっくり立ち上がると、のろのろとブラウスのボタンを外しはじめた。

ぷつ、ぷつ、とブラウスのボタンが外れるごとに、かなり大きい悠奈の巨乳がその存在を主張しはじめる。ボタンをすべて外すと、だらん、と左右に広がったブラウスにつられるように、ブラジャーとTシャツとで覆われた巨乳が、ゆさりと揺れた。

「…………」

やはり無言で窺《うかが》うが、相沢は何も言ってくれない。

（うぅ……嫌だ……）

萎えそうになる身体を何とか動かし、ブラウスを脱ぎ、無地の白Tシャツの裾を震える手で摑《つか》む。そのままたくし上げると、そのつもりはなくともシャツの裾が巨乳を引っかけてしまい、むにゅと豊かな双峰を持ち上げてしまう。それはギリギリまで巨乳を押し上げ、「んしょ……」という小さなかけ声とともに悠奈がTシャツの圧迫から乳房を解放すると、持ち上げられた巨乳は位置エネルギーとその重量による物理法則のままに落下し、ぶるんぶるんと上下に大きく二度バウンドした。

「……ほーぅ」

何か琴線に触れたのか、にわかに視線を鋭くした相沢が、やけに感慨深く呟く。そんな相沢の反応に震えながら、悠奈がTシャツを完全に脱いでソファにゆっくりと置いた。飾り気《け》のない白いブラジャーに包まれたむちむちの巨乳は、緊張による短い呼吸のせいか、小刻みに上下に、たまに横に揺れている。

これで許してくれないかと、悠奈はまたまた相沢の顔を窺うが、相沢が無言で続きを促《うなが》したため、やむなくスカートのファスナーに手を伸ばした。

(パンティを見せるなんて、恥ずかしいよぅ……)

顔を真っ赤に染めた悠奈が奮える手でファスナーを開けると、緊張からか手が滑ってスカートから指を離してしまい、すとんとスカートがあっさりと床に落ちてしまった。のんびりゆっくりのエントリーだった巨乳とは裏腹に、むっちりした太腿と純白のパンティは、極めてスピーディにその姿を相沢に晒した。

「きゃっ、やだぁ！」

「ほほぅ……」

ハプニングに動転して身をよじる悠奈を、じぃぃと舐め回すように眺め、相沢はやはり感慨深く呟《つぶや》く。

「悠奈ちゃん、わざとじゃないよね？」

「な、何のことですか？」

「いや、いい。気づかなくていい。気づかないほうがいい。さあ、ここに来て、俺に君の下着姿をよく見せてくれ」

やけに優しい相沢の声に促され、悠奈は羞恥で身を固くしながら、相沢の前に移動し、猫背姿勢で立った。

悠奈は完全に着痩せするタイプで、制服姿ではあまり身体の凹凸は目立たなかったが、下着姿だとそのグラマラスな肉体がはっきりとわかる。

百四十八センチと女性としても小柄な体型に、バストサイズ九十三センチGカップの巨乳が、でんと存在している姿は、丸顔童顔と相まってコラージュ画像のようなチグハグな官能美を映《うつ》している。また、臀部と太腿もむちむちと太ましく、大きく張った巨尻はビッグサイズの西瓜《すいか》を連想させる。また、巨乳と巨尻を繋ぐ腰部にはくびれがほとんどなく、柔らかそうな腹肉が浮き輪のように巻きついている。

その、見る者にとっては、だらしないと思う肥満一歩手前のむちむち恵体ボディは、しかし、相沢にとっては逆に情欲をそそる極上の造形のようで、彼は嬉しそうに悠奈の腹肉を、むにっと遠慮なく掴んだ。

「ひぃっ！　や、やめてください……」

「悠奈ちゃんには拒否権ないよ」

「でも、そんな……うぅ……」

ぐにぐにと腹肉を揉まれ、悠奈が悔しそうな声をあげる。本人も気にしているだらしない腹肉を男に揉まれ、悠奈は恥ずかしいというより情けなさを感じ、翻《ひるがえ》ってそれは小さな怒気を生み、その怒気が活力となって、悠奈は思いもよらず文句を言った。

「……そんなところ、揉んで楽しいんですか？」

「楽しいね。悠奈ちゃんの反応も含めて、最高に楽しい」

「変態……」

ジト目で罵《ののし》るが、それすらも興奮した相沢にとってはご褒美であるらしく、ますます表情の喜色を濃くしていった。

「そのまま、動くんじゃないよ」

言葉で釘を刺し、相沢の手が腰からゆっくりと下降する。その手はすぐにむちむちの臀部に行き当たり、彼は極めて弾力性のある巨尻を思う存分撫で回した。

「ひぃぃ……！」

堪《こら》えていた悠奈の口から悲鳴があがる。全身に鳥肌が立ち、羞恥と恐怖から身体が小刻みに揺れる、と同時に、巨尻も細かく上下に揺れ、それを手で感じ取った相沢は、「これは、すばらしいむちむちヒップだな」と感嘆の声をあげた。

「ヒップサイズいくつ？」

「きゅ、きゅうじゅうです……」

「なるほど、納得の重量感だ！」

かなり興奮した相沢は、力任せに悠奈の巨尻を、がしっと両手で摑んだ。男の手の指間からむちむちの尻肉がハミ出し、彼は満足そうに頷いた。

「肌ももちもちで手触り最高じゃないか！　よし、悠奈ちゃん。今度は俺の膝の上に乗ろうか？」

「子供扱いしないでください！」

「してないさ。さすがの俺も子供には欲情しないよ。悠奈ちゃんが可愛いのがいけないのさ」

「え、ええ……」

不意に投げかけられた「可愛い」の一言に悠奈が動揺する。簡単に男に籠絡《ろうらく》されるだけあって、彼女は異性からの褒め言葉にめっぽう弱いのだ。

「乗っていいんですか……？」

「ああ、ここに、どーん、ね」

相沢が差し示す太腿に、相沢の身体にもたれる体勢で遠慮がちに座る。すると、相沢は遠慮なしに悠奈の巨乳を両手で掬《すく》い上げ、ぐにぐにとブラジャーの上から豊満なGカップの巨乳を揉みはじめた。

巨尻が西瓜であるならば、巨乳はやはりメロンと形容すべきであろう。たわわに育ったその果実は、巨尻以上の重量感を男の手に与えた。しかも、悠奈のむちむち天然巨乳は、巨尻以上の柔らかさと弾力があり、男の情欲を強烈に刺激した。

「ふぁぁん……急に、そんな……」

「低身長にこのおっぱいは反則でしょ。……いいね？」

セリフの後半に、相沢の声色《こわいろ》が急に真面目な色を帯びる。それが最終確認だと気づいた悠奈は、しかし、もはや抵抗するのは無意味だと悟り、ゆっくりと首を縦に動かした。

「………」

無言になった相沢がブラジャーをたくし上げ、悠奈の巨乳にそっと手を添える。悠奈の乳首と乳輪は巨乳に相応《ふさわ》しく大きなもので、相沢はそんな大きさや色や形を楽しむように、ゆっくりと手のひらで撫でるように悠奈の乳首を弄《もてあそ》んだ。

「あぁ……やだぁ……」

処女である悠奈にとっては、これが初めての男の愛撫だ。奥手な悠奈は自慰の経験も乏《とぼ》しく、性感帯を弄られる初めての肉交に大いに動揺した。

「どう、悠奈ちゃん？　痛くない？」

「い、痛くは、ないです……」

「気持ちいい？」

「わ、わかんないです……」

正直に告白すると、そのうぶな反応がまた琴線に触れたのか、相沢が「いいねぇ」とオヤジ臭いねっとりとした声色で感想を言い、そのまま悠奈の首筋を舐め上げる。

「ひ……」

軟体動物を思わせる、ゾッとするその感触をなんとか堪えていると、乳房を弄ぶ手がゆっくりと下に降り、ショーツの裾から、スッと指を悠奈の股間に潜り込ませた。

そして、

「……あれ？」

相沢から妙な声があがる。それは、当然そこにあるはずの感触がなかったからで、疑問を持った彼はすぐにそれを確認することにした。

「……悠奈ちゃん、ここに立ってパンティ脱いで」

「え、えぇ？」

「早く」

相沢に急かされ、悠奈はのろのろと相沢の太腿から床に降りると、何度も躊躇《ためら》ったあとに、身体を縮み込むように折り曲げて、渋々とむちむち巨尻を覆うパンティを脱ぎ取った。

「あ、あんまりジロジロ見ないでください……」

あまりに恥ずかしくて手に持ったパンティで顔を隠す。その頭隠して尻隠さずなポーズに、三度相沢が唸《うな》るが、しかし、彼の興味はすぐに悠奈の股間に注がれた。

「……剃ってるの？」

「生えないんですぅ……」

悠奈の股間は陰毛が一本も存在しないパイパンの状態だった。

さらに、誰の手も触れていない清純な秘所は、大陰唇の存在もほぼなく、小陰唇すら秘所の中に折りたたまれている完璧な〝タテスジ〟一本の、妖しくも幼いカタチを作っていた。それは、秘所の両隣に存在する太腿がむちむちなだけに、恐ろしいまでのアンバランス・ロリータ・ファッシネイションを相沢に与えていた。

「なんてこった、俺は海老で鯛を釣ったのか……ッ？」

丸顔童顔の低身長に、むちむち巨乳に巨尻に巨腿、かつ、股間はパイパンのロリータま×こ。そのアンバランスすぎるボディスタイルに恐ろしいまでの性衝撃を受け、相沢はめまいすら覚えた。

「ここまでくると、ひょっとしてなんだけど、悠奈ちゃんって処女？」

「は、はい……」

「例の男とはそういう関係じゃなかったの？」

「一度、そんな雰囲気にはなったんですけど、私のアソコを見たら、『やる気がなくなった』って言われて、それからは全然相手にしてくれなくて……やっぱり、私の身体に魅力がないから……」

「そんなことは、なぁい！　断じて、ない！」

食い気味に相沢が悠奈の僻《ひが》みを全否定する。そして、

「君は素晴らしい魅力に満ち溢れた女性だよ、悠奈ちゃん！　きっと、その男はインポだったんだ。そうに違いない！　こんなセクシーな女性はそうはいないよ！」

と、悠奈のことを褒めちぎる。

「あ、ありがとうございます……」

滅多にない男性からのベタ褒めに悠奈の胸が高鳴る。すると、おもむろに相沢は立ち上がると、そっと悠奈の傍に寄った。

「処女を散らすのにこんなソファじゃ役不足だな。ベッドに案内しよう」

そう言うと、相沢は悠奈を寝室へといざなった。

「うわ、すごい部屋……」

今までいた部屋もすごかったが、寝室はさらに輪をかけて豪奢な部屋だった。洋画の中に出てきそうなアンティークデスクと壁にある暖炉が高級な雰囲気を醸し出している。暖炉とは違う壁には巨大な液晶テレビがかけられ、さらにそれとは別にプロジェクターも設置されており、高級音響設備がさり気なく部屋のそこかしこに設置されている。また、重厚で細緻なやはりアンティークの本棚には、ハードカバーのペン

ギンブックが数多く並べられ、部屋の雰囲気作りに一役買っていた。

成金趣味にも見えるが、ここまで徹底して金をかけてあれば、鼻につくどころか、素直に感動するほどの、恐ろしくデラックスな寝室兼書斎であった。

そして、そんな部屋に置かれたベッドは、これまた豪華なキングサイズベッドで、五つ星ホテルのスイートルームに置いてありそうな高級品である。

「ベッドに横になって」

「は、はい……」

相沢に促されるまま、キングサイズのベッドに、そろりと横になる。豪華なベッドはそれに相応しい高級マットレスを使っているようで、ふわりと羽で抱きとめられるような感触を悠奈は感じ、その非日常感に胸がドキドキ高鳴ってしまう。

「どうだい？　部屋もベッドも、けっこう豪華ですごいだろ？」

「はい……会社にこんな部屋を作るなんて……すごいです」

「だろ？　性奴隷だからって、悪いことばかりじゃない、たくさんいい思いもさせてあげるよ」

相沢はそう言うと、仰向けに寝る悠奈にゆっくりと覆い被《かぶ》さった。そして、悠奈の緊張を解くように、悠奈の全身を包むように両手でまさぐる。

「寒くない？」

「はい……」

もうここに至っては、悠奈も完全に覚悟を決めていた。二十八年間、図らずも守ってきた処女を、昨日まで名前しか知らなかった男性に捧げるのかと思うと、なんだかおかしく思えて顔が緩んだ。それを目敏《ざと》く見つけた相沢は、「お、笑顔も可愛いじゃない」とニヤリと笑い、そっと悠奈の額にキスをした。

「ここにもキスしていいかい？」

丁寧な伺いに、悠奈は一呼吸おいて、こくんと頷いた。瞬間、悠奈の口唇が柔らかいナニかに覆われ、さらに、それがにゅるんと口腔内に舌まで侵入してきた。

「んっ？　んぅ……」

まさか初キスで舌まで入れられるとは思わず、悠奈の眼が驚きで大きく開かれる。しかし、相沢の舌遣いは、決して悠奈の口腔を蹂躙《じゅうりん》するものではなく、舌で舌を愛撫するような、優しいものだった。

ちゅぱ、ぢゅぱと互いの唾液が絡み、淫らな水音を響かせる。相沢はキスの間も愛撫を忘れず、ゴムまりのように素晴らしい弾力を持つ巨乳を弾ませるように揉んだり、わずかに硬くなって悠奈の官能を表しはじめた乳首を、とんとんと指でタップしたり、また、ぴったりと閉じたタテスジをそっと撫でたりと、とことん丁寧に悠奈の身体を拓《ひら》いていった。

「あうん……くぅん……」

知らず悠奈の口から官能の喘ぎ声が漏れる。自慰経験すら少ない悠奈にとって、相沢の巧みで丁寧な愛撫はあまりにも強烈だった。背筋が甘く痺れ、柔らかな多幸感が悠奈を包む。こんな心地よさがあるのだと、悠奈の頭は次第に蕩けはじめた。

そうして十分に悠奈の官能を昂《たかぶ》らせると、相沢はおもむろに服を脱ぎ捨て全裸となった。自然と悠奈の視線は相沢の股間へと集中し、そして思わず「ひ……」と小さな悲鳴をあげた。

「お、おっきい……」

「見るのは初めて？」

「はい……その、初めて見ます……」

ごくりと大きく喉を鳴らし、震える瞳で自分の股間を、パイパンのタテスジを見る。

「入るかなぁ……そんなに大きいの、入るのかなぁ……その、それ……それ……」

「……悠奈ちゃん、おち×ちん、おち×ちんだよ」

「おち×ちん……相沢さんのおち×ちん、大きいから……おち×ちん、大きすぎます」

ロリ巨乳が取り憑かれたように「おち×ちん、大きい……」と連呼する様は、相沢の肉棒にさらなる興奮を注入した。

「ひぃ……な、なんでまだ大きくなるんですか？」

「ごめん、さすがにそこまで興奮させられたら、我慢できない」

「あ……」

相沢が悠奈の太腿を大きく割り、互いの中心を接近させ、赤黒くエラの張った亀頭を一本タテスジの秘所にそっと触れさせる。悠奈の秘所は丁寧なペッティングでやや湿り気を帯びてはいるものの、さすがにスムーズな挿入になるとは思えない。

「い、痛いですよね……？」

「そうだね……いや、痛くさせるのは本意じゃない。ちょっと卑怯だけど裏技を使おう」

相沢はそう言うと、ベッドサイドのキャビネットから一本のガラス瓶を取り出した。

「男性用のスキンクリームだけど、自然由来の成分ばかりだから、ローション代わりになるはずだよ」

「……高そうに見えるんですけど？」

「せいぜい二十万程度だよ？」

「ひぇ……」

悠奈がその値段に慄《おのの》いている隙に、相沢は非常に肌ざわりのいいクリームをたっぷりと指につけ、悠奈の秘所全体に馴染ませるように丁寧に塗り込んだ。

「……あとで私も顔に塗ってもいいですか？」

「いいよ。さぁ、力を抜いて、中にも塗るよ……」

相沢の指が、慎重に慎重に、処女膜を傷つけないように、膣の浅い部分を中心にクリームを塗りつける。それは指での愛撫と同等の行為であり、クリームの助けもあって、やがて相沢の指が動くたびに、ちゅくちゅくといやらしい音が悠奈の中心から響きはじめた。さらに視線を移すと、大きな乳輪の中心も、わずかにだが硬く隆起しているのが見えた。

「悠奈ちゃん、気持ちいいみたいだね」

「うぅ……恥ずかしいからそんなこと言わないでください……」

「どうして？　いいじゃないか、気持ちいいことはいいことだよ。ほら、ちゃんと口に出して言ってごらん。何がどう気持ちいいの？」

「ひぅ……あの、相沢さんに、おま×こ弄《いじ》られるの、気持ちいいです……あぁ、もうやだぁ」

言わされたそのセリフにさらに興奮し、悠奈の顔がこの日一番の紅潮を見せる。その従順な行為と、うぶな反応に、相沢もまた興奮を重ね、しかし、それでも男は慎重に愛撫を続け、ついには膣穴の上に小さく隠れた陰核にも指を伸ばした。

「悠奈ちゃん、剝《む》くよ」

「ひ……？　剝くって何を……？　ひッ！　ひゃぁぁッッ!!」

クリームをたっぷり付けた相沢の指が、包皮を剝くように下部から、くりんと陰核を擦り上げた。瞬間、悠奈の背筋に甘く強烈な快楽が走り抜けた。

「な、なんですか今の……？」

「………」

女の疑問には応えず、今がチャンスだと経験的にも本能的にも感じた相沢は、両手の指も動員し、膣穴と陰核を同時に刺激し、さらに、顔を悠奈の巨乳に近づけると、口を窄めて乳首を甘く吸った。

「ひぎゃぁぁぁッッ！　そんなの強すぎぃぃ！　なにこれぇッ！　あああぁぁぁッ

ッ!!」

その強すぎる衝撃は、あっという間に悠奈の快感閾値を越え、彼女は人生で初めてのオーガズムを体験した。

「……悠奈ちゃん、エロボディなうえに、感じやすいカラダも持ってるんだね。今のが、イクってことだよ」

「イク……イク……？　私、イッたんですか……？」

「そうだよ、アクメ、オーガズム、絶頂……まぁ、そういう類《たぐい》のやつさ。感想は？」

「すごぉい……気持ちよかったぁ……」

「そうか、よかった。それじゃ、俺もそろそろ我慢の限界だ。悠奈ちゃんの処女、もらうよ」

その宣言に、悠奈はふわふわした思考で、しかし、しっかりと首を縦に振った。

「お願い、します……」

「いくよ」

相沢は勃起した肉棒を再度秘所に触れさせ、ぞぷりと亀頭を処女穴に潜り込ませた。いわゆる処女膜と呼ばれる膣穴のひだが強引に割り開かれる。クリームと密かに分泌されていた愛液とで、ぐずぐずに蕩かされていた処女穴だが、それでも穴に対して大きすぎる肉棒の挿入は悠奈に少なくない痛みを与え、彼女の口から「痛い……」と小さな悲鳴が漏れた。

「あっ、大丈夫？　いったん抜こうか？」

「うぅ……我慢、できます……」

処女の秘裂というものは、文字どおりただの裂け目でしかない。相沢は長く苦痛を味わうよりは一気にいこうと考え、悠奈の腰をしっかり掴むと、勢いはつけずに、しかし万力の力をもって腰を前に前進させた。

ずぶッ！　と何かが突き刺さるような音が悠奈の頭に響く。しかし、事前のクリームによる愛撫がそうとうよかったのか、覚悟していたほどの痛みはなく、相沢の肉棒はそのすべてが悠奈の小さな膣穴に収まることができた。そして、数瞬ののち、結合部の隙間から、赤い処女血が、たらたらと流れ出てきた。

「は、入ったんですか……？　うぐぅ……」

「ああ、入ったよ……全部入った……悠奈ちゃん、頑張ったね……」

相沢が悠奈の頭を、いい子いい子、と優しく撫で、優しく何度も啄《ついば》むようなキスをする。そうして悠奈の意識をキスに集中させてから、彼はさりげなくティッシュで流れ出た処女血を拭《ぬぐ》ってやった。

「私の……」

「うん……？」

「私のハジメテ……相沢さんにあげちゃったぁ……」

直前に処理した処女血のヴィジュアルと、その幼いセリフが化学反応を起こし、相沢の中でにわかに保護欲と、それに追随する支配欲、そして、それらに相反する凌辱欲が強く惹起《じやっき》され、彼は自分が異常に興奮するのを感じた。

「悠奈ちゃん勘弁して……おじさん、そんなソソるセリフを聞かされたら、暴走しちゃうよ」

「相沢さん、暴走するの……悠奈のおま×こ、壊されちゃうの……？」

「……よし、わかった。もう遠慮しねーぞ」

心に築いた防波堤が、むちむち合法ロリ巨乳の無意識な挑発にあっさりと破壊される。しかし、それでも相沢はしっかりリスクヘッジを行ない、激しく動くのではなく、ゆっくりと長いストロークで肉棒の抽送を始めた。

「ああ……あああぁぁ……ッ！　動いてる……私のおま×この中を、相沢さんのおち×ちんが動いてるッ！」

「ち×ぽの感触はどうだい、悠奈ちゃん？」

「ち×ぽ……おち×ぽ……おち×ぽがおま×この中をゴシゴシ擦ってってぇ……これ、これ気持ちいいかも……」

それは多分に精神的な昂揚もあったのだろう。だが、確かに悠奈は初体験のセックスで、肉棒による快楽を感じていた。

そんな悠奈の様子を敏感に察した相沢は、ここは責めるところだと冷静に判断し、また、身体は貪欲に悠奈の肉体を求め、抽送のスピードを次第に上げながら、硬く勃起した悠奈の乳首を、くりくりと指で弄りはじめた。

「ひゃん！　乳首だめぇッ！　あんッ、あんッ、あんッ、あぁあんッ！」

悠奈が甲高《かんだか》い喘ぎ声を発し、狭い膣穴がさらに、きゅぅっと締まる。痛いくらいのその締めつけは、経験豊富な相沢の肉棒を激しく刺激し、男の口から「くぅ……！」と暴発を堪える呻《うめ》き声が漏れた。

「悠奈ちゃん、俺も気持ちいいよ。キミとの身体の相性は抜群みたいだ」

「相性？　相沢さんと私、相性がいいの？」

「ああ、悠奈ちゃんもおち×ぽでおま×こ気持ちいいだろ？」

「おち×ぽ、おま×こ……」

悠奈の視線が初めて肉棒を咥え込んだ秘裂を映す。処女血が綺麗に拭われたそこは、悠奈の体液で、てらてらと光る肉棒が、破廉恥な音を立てて出入りしていた。

「あぁ……すごい……はい、おま×こ、気持ちいいです……！」

視覚による快楽受容が脳内でハウリングし、悠奈の性的快楽が加速度的に高まる。

快楽のうねりが背筋を走り、知らずにむちむちの肢体が艶めかしくうねり狂う。

セックスとは、こんなにも気持ちのいいものなのだ、と初体験の悠奈に、忌避感とは真逆の受容心が芽生えた。それを自覚した途端、さらなる快楽が悠奈の脳を焼き、少し前に経験した絶頂が近いことを悠奈は予感した。

「相沢、さんッ！　また来る、来ちゃう……ッ！　おち×ちんでイッちゃうッ！」

悠奈の告白を受けた相沢は、ここまで耐えに耐えてきた我慢を解き放つ決心をした。

「悠奈ちゃん、俺もそろそろイクよ……！」

「私も……イキます……イク、イクぅぅッッ！」

さっきと同じ感覚の、しかし、さっきよりもさらに大きな快感の衝撃が、膣奥から背筋を通って悠奈の脳内に炸裂する。それは極彩色の快感爆発を生み、接合された秘所から、ぷしゅと絶頂の証《あかし》たる潮が噴かれた。

「くぅ……締まる……なんだこの名器……あぁッ！」

相沢もとうとう限界を越え、膣の最奥に肉棒を打ち込むと、短い痙攣のあとに白濁した精液が大量に放たれた。処女膣であったことを鑑《かんが》みても、悠奈の膣圧は凄まじく、まさしく搾精器と形容するに相応しい締めつけと吸引で、相沢は肉棒から精液が絞り出されるような感覚を味わった。

「ひ、ひ、ひぃ……ひぁ……」

肉棒は子宮口まで届いていたのか、身体の体奥に熱い奔流を感じる。悠奈はその凄まじい性衝撃に全身が脱力してしまい、くたりとその身を弛緩させた。

「はぁ、はぁ、はぁ、はぁ……」

相沢もここまで快感を味わったセックスは久しぶりだった。名残《なごり》惜しく肉棒を抜こうとすると、素晴らしい膣圧の淫穴はなかなか肉棒を離してくれず、ぐっと力を込めて肉棒を引き抜くと、ちゅぽんと可愛いらしい音が接合部から響き、次いで、中に残っていた処女血と精液とが混ざり合ったピンク色の淫液が、たらたらと狭膣から漏れ出てきた。

「………エロすぎ」

ポツリと呟くと、相沢は何の遠慮もなしにデジカメを取り出して、その様子を動画に収めた。そうして、桜色に興奮した悠奈の裸体と、桜色の混合体液を垂らすパイパンの秘裂を見つめ、そのあまりに淫乱な姿に、自分の肉棒が再び活力を取り戻すのを感じた。

「しばらくは、退屈しなさそうだな」

スケベ中年のニヤケ顔を復活させると、相沢は再び肉棒で悠奈の中心を貫いた。

その日、悠奈の口から悦楽の悲鳴がやむことはなかった。

第二章　コスプレエッチがお仕事のようです

「おはようございます……」

「はい、おはよう」

処女喪失から二週間が経った。あの日から悠奈は、出社すると秘密のエレベータから労務三課、もとい、相沢のゴージャスな部屋へと向かい、そこで就業時間のすべてを過ごす会社生活を送っていた。

相沢とはこの二週間で数えきれないほどセックスをした。労務三課の業務は本当に何もなく、彼は事あるごとに悠奈を襲い、部屋の至るところでセックスを楽しんだ。

しかも、相沢の性的要求はただ単にセックスをするだけではなかった。彼は筋金入りの変態男らしく、常識のねじが外れているような奔放な命令をいくつも悠奈に課した。その一つが「朝礼」だ。

「それじゃ、朝礼をしよっか」

「は、はい……」

朝礼といっても業務報告などを行なう一般的なものではなく、相沢が考案した悪趣味な朝の儀式である。

悠奈は羞恥にまみれた表情で相沢の前に立つと、スカートをたくし上げパンティを露出させた。そうして、そのままパンティを脱ぐと、両手の親指と人差し指とで裾を引っかけ、まるであやとりのようにパンティをタテヨコに拡げ、相沢の前に差し出した。

「あ、相沢さん……今日のパンティチェックお願いします……」

そのパンティは、相沢が昨日悠奈に渡したレース生地のものだ。こうして、前日にプレゼントして履かせたパンティを朝イチでチェックするのが、相沢との破廉恥な「朝礼」なのだ。

「うん、今日はクロッチまで全部綺麗だね」

「ひ……そんなこと言わないでください……」

今日は相沢の言うとおり綺麗なままでいられたが、一度、排尿の処理が甘かったらしく、薄く黄色いスジがクロッチについており、そのことを相沢に指摘されたときには、羞恥のあまり部屋から逃げ出したいほどだった。

そのときのことを思い出し、顔を赤くしながら無言でパンティを丁寧にたたみ相沢に差し出す。相沢はそれを大事そうに仕舞うと、悠奈はノーパンのままめくり上がったスカートを元に戻した。この部屋にいるうちは、悠奈にはパンティの着用は許されていないのだ。

どうしても慣れないノーパンの感触に悠奈が身をよじっていると、椅子に座った相沢がいつものニヤケ顔で自分の太腿を、ぽんぽんと叩いた。

「……はい」

それはいつもの合図で、頷《うなず》いた悠奈は処女を喪失したときと同じように、相沢の太腿に跨いで座った。当然、ノーパンなのだから露出した秘所がダイレクトに太腿に接触する。そうして背中を相沢に預けると、相沢は悠奈の身体を背後から抱きしめて、「今日も俺の悠奈ちゃんは可愛いね」と耳元で囁《ささや》いた。

この姿勢は相沢のお気に入りのようで、事あるごとに強要される。しかし、そのときには必ず相沢は悠奈の身体や感じやすさ、巨乳や巨尻や巨腿のよさを褒めちぎるので、実を言うと悠奈はあまり嫌ではなかった。

相沢の手がブラウスの上から巨乳を揉みしだき、半分演技で半分本気の嬌声が悠奈の口から漏れる。元々感度のよかったメロン大の悠奈の巨乳は、度重《たび》なる愛撫により、徐々にその感度を上げていた。

「相沢さん、そんなに揉んだら、相沢さんのズボン汚しちゃう……」

「なんで、どうして？」

「だって、パンティ履いてないから……」

「感じやすいからなぁ、悠奈ちゃんは」

この会話も何回繰り返したかわからない。こういうふうに言うと相沢はとても喜んでくれるのだ。

相沢の指がブラウスのボタンを外しはじめ、ああ、今日はこのままセックスするんだろうなぁ、と悠奈は予想したが、それに反し、ブラウスのボタンを全部外した相沢は、その姿のまま悠奈を立たせた。

「あのぅ、エッチじゃないんですか？」

「うん、今日からは少し趣向を変えようと思うんだ」

相沢はそう言うと、かなり大きめの紙袋を悠奈に手渡した。

「何ですか、これ？」

「俺が趣味で集めたコスプレ衣装」

「えぇ……」

ガサゴソと紙袋の中身を確かめると、そこには確かに数種類の衣服が入っていた。

「着替えてきなよ、最初は自由に選んでいいから。ああ、目の前で着替えさせるのも無粋《ぶすい》だから、着替えは寝室でね」

相沢にそう言われ、拒否権など持たない悠奈は、心の中で溜め息を吐いて寝室へと向かった。

確認してみると、紙袋の中にまともな衣装は一つもなかった。嘆息した悠奈は、どうせいつかは全部着ることになる、と思い決め、その中の一つに袖を通した。そうして部屋へ戻ると、悠奈の姿を見た相沢は、いつも以上にスケベなニヤケ顔を見せて喜んだ。

「いいねぇ。その衣装、絶対悠奈ちゃんに似合うと思ったんだ」

「こんなのどこで買うんですか……？」

悠奈が着た衣装は、言ってしまえばメイド服であった。しかし、メイドと言っても、頭のフリルと小さな前掛けエプロンというわかりやすい装飾があるお陰で、かろうじて「メイドらしさ」を保っているだけで、それ以外は紐水着と大差のない際どい露出をしている変態メイド服であった。上半身は薄く細い布でかろうじて乳首を覆っているだけで大きめの乳輪は丸見えであり、エプロンはあってもスカートはないため、ノーパンの下半身は当然のようにお尻もパイパンの秘裂も丸出しである。

「おっぱいとお尻が完全に見えちゃってるんですけど……」

「悠奈ちゃんの最大の魅力の一つだからね。そこを強調しないのはもったいないだろう？」

「もうやだぁ、この変態……」

相沢が想像以上の変態であることは、この二週間で骨の髄まで思い知った。処女喪失時のように、たいていは優しく接してくれるが、ときおり見せるぶっ飛んだ提案は、完全に常軌を逸した変態的なものばかりで、こんな変態と一年も付き合わないといけないかと考えると、頭がくらくらする。

「さて、メイドさんといったら、ご奉仕だよね」

そう言った相沢が、わざとらしく大股を開いて悠奈を促《うなが》す。二週間前ならば、それがどんな意図なのかわからなかったであろうが、淫乱な毎日が続く悠奈にはそれがどんな合図なのかすぐに理解できてしまう。

「……ご奉仕します」

過去に教えられた口上《こうじょう》を言うと、悠奈は相沢の股間に跪《ひざまず》き、慣れない手つきでズボンから相沢の肉棒を取り出した。

処女だった悠奈は、当然フェラチオの経験もなかったが、相沢に笑顔で何度も強要され、その口淫奉仕技術は本人の意思とは別に少しずつ上達していった。

「かぷ……」

まだ半勃ちのそれを両手で握ると、震える小さな口を精一杯大きく開けて、わずかに被った包皮ごと亀頭を口に咥える。

「ううぅ……」

基本的にミニマムサイズの悠奈の口はやはり小さく、半勃ちといえども相沢の肉棒をすべて咥えるのは大仕事である。だから竿まで咥えるのは最初から諦《あきら》めて、亀頭の部分だけを丹念に口でしゃぶり、男の官能が高まるのを待つ。

「ああ、いいよ……フェラもどんどん上手《うま》くなっていくねぇ……」

満足そうな相沢の声に後押しされ、悠奈の奉仕にも熱が入る。そして、口の感触で肉棒が完全に勃起したのを感じると、おもむろに悠奈は口から亀頭を吐き出し、口腔内に溜まった自分の唾液を、だらぁと巨乳の谷間に垂らした。そして、両手で自分の巨乳を持ち上げ、肉棒を咥えたまま、その巨峰で肉棒の竿ををみっちりと挟み込んだ。

「うおぉ、乳圧がたまんねぇ……」

悠奈のむちむち巨乳は、とにかくその弾力が素晴らしい。唾液によりさらに潤滑度を増した柔らかくも張りのある柔肉に肉棒を包まれしごかれ、相沢は心地よい脱力感に包まれた。

対して悠奈は一生懸命だ。肉棒をしゃぶりながらおっぱいでしごくというのは、思った以上に重労働で、元々体力が少ない悠奈にとってはつらい作業だ。しかし、性奴隷としての義務感と、また、上手くできた場合は相沢が褒めてくれるので、悠奈は必死に肉棒を刺激しつづけた。

じゅぷ、じゅぷ、むちゅ、むちゅと、フェラチオの水音とパイズリの粘着音がいびつな二重音を奏でる。ときおり口のほうは苦しさから動きを止めるが、そのときは上目遣いに相沢を見上げるのを忘れない。こういう仕草を、この変態はことのほか喜ぶのだ。

（変態さんの考えることは理解できません……）

奉仕を続けると、にわかに亀頭のエラが大きく張りはじめ、相沢の口からも「悠奈ちゃん、そろそろだよ……」というありがたい声がかけられた。悠奈はここがラストスパートだと気合を入れ、残る力を振り絞って口と乳の動きを速めた。それは見事に効果を発揮し、相沢が「出る……ッ」と短く呻《うめ》いた。瞬間、最後まで咥えていた悠奈の口腔内に、青臭い精液が、どぷっと大量に射出された。

「んぅ～～……」

口腔内に出されるのはこれが初めてではないが、そのえずくような味にはまだ慣れない。相沢の射精が完全に終わるまで待つと、ぢゅうと尿道に残る精液まで吸い出し、ようやく悠奈は口から肉棒を離した。そして、口の端から細く精液を垂らしながら、相沢の方を向くと、口から零れないように気をつけ、ぱかぁと口を大きく開き、口腔内に溜まった精液を相沢に見せつけた。

「ふぅ、今日もたくさん出たな……ありがとう、飲んでいいよ」

相沢から許可が出て、ようやく悠奈は精液を嚥下《えんげ》する。もちろん、飲みたくはないが、飲まないと相沢が微妙に不機嫌になるし、反対に、きちんと飲むと、相沢が丁寧に褒めてくれるのだ。

「ぅく……ごく……はぁ……」

粘つく精液を嚙むようにして嚥下し、荒く息を吐くエロメイドに、相沢が「ありがと」と再度声をかけ、そのおでこに優しいキスをした。その行為に、やや喜色を露《あらわ》にした悠奈は、しかし、すぐに表情を消すと、お掃除フェラのために、再度萎えた肉棒を口に咥えた。

カタ、カタ、カタ。カチ、カチ、カチ。と、キーボードのタイプ音と、マウスのクリック音が静かに響く。

音の主《ぬし》は悠奈の指で、彼女は相沢が座る多機能デスクの一画に自分の椅子とPCを用意してもらい、古巣の経理二課から回ってくる書類のチェックに勤《いそ》しんでいた。

そして、部屋の主である相沢はというと……。

「いいなぁ、実にいい……エロメイドがいる空間というものは、実にいいものだ……」

と、かなり気持ちの悪い独白をしながら、悠奈のすぐ横で高級チェアに座り、ねっとりじっくり悠奈の仕事ぶりを観察していた。

「……あのぅ、じっと見られると、やりにくいんですけど？」

「いやぁ、気にしないでくれ。何だったら、仕事をしているふりでもいいんだよ？」

「いや、それは……」

前述のとおり、労務三課という幽霊部署には何の業務も存在しない。そのため、文字どおり自分の部屋のように毎日を自堕落にくつろげる相沢と違って、根が真面目な悠奈は一日の大半――相沢とのセックスの時間以外――は暇を持て余してしまう。だから、古馴染みの経理二課に連絡して、いろいろな雑務を回してもらっているのだ。

日中の相沢は、六枚モニタが接続されているハイエンドPCで、株価や資産情報を難しい顔で睨んでいたり、寝室の巨大テレビやプロジェクターで映画やスポーツを観戦したり、あるいはヴァーチャルギアを使ってビデオゲームをしたりしているのだが、今日は、エロメイド姿の悠奈をひたすらに視姦して時間を潰すつもりのようだ。

そのうち見ているだけでは満足できなくなったのか、相沢は下品なちょっかいも出しはじめた。

「ひゃん!」

にゅっと伸びた相沢の指が、張りのある横乳を、むにゅと圧《お》し潰す。努めて無視しようとする悠奈だが、相沢のイタズラはエスカレートし、薄布でかろうじて隠されている乳首を、かりかりと爪で弾くように弄《いじ》りはじめた。

「そ、そんな、そんなこと……!」

元々が弱気な性格のうえに、借金や横領見逃しで縛られている悠奈は、立場的にも性格的にも抵抗できない。キーボードを打つ指が止まり、乳首から徐々に生まれる官能に小さく身を震わせる。

「相沢さぁん……乳首弄っちゃ、やです……」

「悠奈ちゃんは感じやすいよね。もう乳首が勃起しはじめたよ」

「そゆこと、言わないでください……」

相沢の言うとおり、二週間前まで官能や性感などまったく知らなかった悠奈の肉体は、日々の荒淫のせいか、それとも本来備わっていた資質のせいなのか、非常に敏感な肢体へと育ちはじめていた。ほんの数分、男に乳首を弄られただけで、悠奈の口からは甘く熱い吐息がこぼれはじめる。

「ほんの少し弄っただけなのに、こっちも反応してきたね」

相沢の手が、覆うものがない悠奈の股間へと伸びる。やや強引に太腿を割って入った手は、わずかに大陰唇が開きはじめた悠奈の秘所へと指が突入し、瞬間、くちぃという音が悠奈の股間から響いた。

「もう濡れてる。エッチなメイドだなぁ。こんなに感じやすくて、恥ずかしくないの？」

「恥ずかしいに決まってます……！　やだ、やだぁ……相沢さん、やめてぇ……」

涙声で懇願するが、意地悪な相沢は指の動きを止めてくれない。それどころかその動きは加速し、上の手は巨乳全体を揉みはじめ、下の手は秘所の奥、膣穴に中指を潜り込ませ、開発された膣内のGスポットを、こりこりと刺激しはじめた。

「ひ……ッ！　それだめぇ！　そんなことされたら、すぐにイッちゃう！」

「おやおや、仕事中にアクメ決めるなんて、悪い子だな。これはイッたらお仕置きだね」

「そんな、ひどいぃ……」

理不尽な物言いだが、ここでは相沢が王様だ。性奴隷でペットの悠奈は、その横暴な要求をすべて受け容れるしかない。

（お仕置きって……私、何されるの……!?）

絶望と官能と、そしてほんの少しの興味が混ざり合い、そうして、性的快楽は身体の持ち主の意思に関係なく、ぐんぐんと高まっていく。

「あぁん……もう、もう……ッ！」

まさに絶頂を迎えようとした、その瞬間、「ピロン」とPCから何かの通知音が響いた。

「うん？　何か来たよ」

指を止めた相沢がやけに平静な声で尋ねる。それとは裏腹に、絶頂寸前でおあずけを食らったかたちの悠奈は、やや不満げな顔で荒い息を吐きながらモニタを確認した。

「あ……ボイスチャットの着信です。経理二課長からの……」

「ふーん、元子《もとこ》ちゃんか」

元子ちゃん、とは経理二課長のことである。

「出れば？」

「で、出ますけど、その……」

「ほらほら、待たせちゃダメだよ。はい、ヘッドセット」

相沢がPC付属のヘッドセットを取り出して悠奈に強引に被《かぶ》せる。悠奈はこの変態が考えていることを敏感に察して、とんでもないものを見る目で相沢を見た。

「……正気ですか？」

「何のことかな？　さ、通話を始めて」

もはや抵抗は無意味であった。

「信じられない……」

茫然とした声で呟《つぶや》くと、悠奈は震える手でマウスを操作し、ボイスチャットの応答ボタンをクリックした。

『やっほ、悠奈。ひょっとして忙しかった？』

モニタに、見慣れた経理二課長の顔が映る。あちらはビデオ通話を選択しているようだが、もちろん、悠奈はカメラ機能をＯＦＦにしている。半裸のエロメイド服姿など、恩のある元上司には死んでも見られたくない。

『あれ、カメラＯＦＦになってるよ？』

「あ……カメラ、ちょっと調子悪くて……機能を切ってるんです」

悠奈がしどろもどろに言い訳をする。というより、相沢が気になりすぎて二課長の言葉があまり耳に入ってこない。

そして、諸悪の根源たる相沢はというと、ふらっと寝室に消えたかと思えば、すぐにそのニヤケ顔を見せて悠奈の傍にしゃがみ込んだ。

（な、なにをする気なんですか？）

そっとマイクを押さえて小声で言うと、相沢は短く「エロメイドにお仕置きだよ」とだけ答えて、その中肉中背の身体を窮屈そうに折り曲げ、多機能デスクの下、悠奈の椅子の前にどっかりと腰を降ろして座った。

『悠奈？　聞いてる？』

「は、はい！　聞いてます！」

相沢は気になるが、これ以上二課長から意識をそらすわけにはいかない。

「な、何か御用ですか？」

『いやぁ、ウチの課員がけっこうな仕事を悠奈に頼んでるみたいじゃん。楓《かえで》なんか、半分くらい丸投げしてない？　あいつときたら、いつまで悠奈を頼るつもりなの……でさ、一言、お礼が言いたくって』

「い、いいえ……こっちの業務はあまり多くないので、負担はそんなにないで……ひゃぁッ！」

言葉の途中で、びくんと悠奈が背筋を反らし悲鳴をあげる。恐るおそる股間を見ると、相沢がウズラの卵のようなアダルトグッズを悠奈の陰核に当てているのが見えた。

ウズラの卵――ミニローターは小刻みに振動しており、敏感な肉核をダイレクトに刺激し、極めて強い快感を悠奈に与えたのだ。

『悠奈？　どうしたの？』

「なん、でも、ない、です……ッ！」

震えそうな声を必死に抑えて、悠奈が継ぎはぎだらけの言葉を絞り出す。眼下の相沢を、これまでにない強い表情で睨みつけるが、相沢のニヤケ顔は反省の色などまるで見えず、それどころか、ローターとは逆の手には細身のバイブを握りしめ、その先端を、ぴたりと悠奈の膣穴へと当てたのだった。

「………ッッ！」

思わず太腿を、ぎゅうと締めて防御しようとするが、相沢は身体を入れてそれを阻止し、逆にそれを合図として、ずぶりと振動するバイブを悠奈の膣穴へ突き刺してしまった。

「ひぃッ！」

とうとう、それとわかる悲鳴が悠奈の口から迸《ほとばし》り、モニタ中の二課長の顔が驚きに染まる。

「悠奈？　何かあったの？　ちょっと！」

「うぅ……く……む、虫が……蜘蛛が机の上にいて……」

だいぶ苦しい言い訳だが、何も言わないよりはマシだ。

「びっくりしちゃいましたぁ……ぁん」

「ぁん」の言葉尻に悠奈の身体が、ビクビクと痙攣する。陰核と膣穴との二重刺激は、おあずけを食らっていた悠奈の性感を強く刺激し、彼女は軽い絶頂に達してしまったのだ。

『あぁ、蜘蛛か。それはそれで心配なんだけど』

「大丈夫です……相沢さんが処理してくれました……」

相変わらず、相沢のオモチャ責めは続いているのだが、一度絶頂して不感応期に入ったのか、やや淡々と、しかし、平坦な声で悠奈が応える。

『あ、相沢くん近くにいるんだ。ねーぇ、結局のところ、労務三課ってドコにあるの？　教えてよ』

「すみません、課内の守秘義務があって、言えないんです。セキュリティ、すごく厳しいんです……ぁん」

『そ、そんなにたいへんなんだ……意外と重要部署なのね、労務三課って』

「はいぃ……んぁ……たぶん、内実を知ったら驚きますよ……ひぁん」

もはや隠す努力もせずに艶声を駄々漏れにする。丸見えの乳首はこれまでにないほど硬く勃起しており、オモチャで責められつづけている股間は大洪水状態で、椅子のマットには黒いシミが広がっている。机に置いた小さな鏡に視線を向けると、そこには、トロン、とした淫猥な表情をしている痴女の顔があった。

『……悠奈、やっぱり、なんか変じゃない？　声が、その……』

「少し、風邪気味なのかもしれないです……熱っぽいかも……」

『馬鹿、それ先に言いなさいよ！　ああ、もう、こっちの仕事はいつでもいいから、無理なときは送り返しなさい。いいわね』

「はぁい……ぁぁんッ！」

『……今度、二課にも顔見せてよ？　それじゃね』

最後まで妙な表情のまま二課長がボイスチャットを閉じた。その瞬間、

「イグぅぅッッ！」

悠奈のものとは思えない野太い嬌声があがり、股間から、びゅびゅと絶頂を証明する潮が吹き散った。

「……すっげぇ感じてたね。顔に潮がかかっちゃった」

一仕事終えた表情の相沢が、ローターとバイブを手にゆっくりとデスクの下から現れ身体を伸ばす。その様子を荒い息を吐きながら見ていた悠奈は、不意に、のそりと椅子から立ち上がると、広い多機能デスクに、べたんと上半身を伏せ、丸出しのお尻をこれでもかと後ろに突き出した。

「相沢さん……おち×ぽください……メイドにおち×ぽでお仕置きしてください」

それは、本能がさせた無意識の媚態であり、初めて悠奈が自分から相沢を誘惑した瞬間だった。彼女は両手を臀部に添えると、むちむちの巨尻を、むにぃと左右に割り

開いた。必然、パイパンの割れ目も、くぱぁと愛液の糸を引きながら割り開かれ、妖しく美しく男を誘った。

「エロメイドの可愛いお誘いを、無下《むげ》にはできんな」

セリフは冷静だが、表情は極めてだらしなく崩れきった相沢が、怒張した肉棒を悠奈の膣穴に当てる。一拍のあとに肉棒が突き込まれると、悠奈の巨尻と相沢の腰部が激突し、ぱちぃんと小気味いい音と共に、悲鳴にも似た悠奈の嬌声が部屋に響いた。そのまま相沢がリズミカルに腰を動かすと、拍手にも似た規則正しい乾音が部屋に鳴りはじめた。

「あッ、あッ、あぁッ！　相沢さぁん！　激しぃッ！」

「こら！　今の悠奈ちゃんはメイドなんだから、ご主人さまって呼ばないとダメだろ！」

「ご、ご主人さまぁ！」

さんざんに刺激され濡れぼそったロリータま×こは、激しい抽送にもしっかりと快楽を受容し、二週間前まで処女だった肉体の持ち主に桃色の衝動をもたらす。それは新たな愛液の分泌を誘発し、肉棒の摩擦により、二人の結合部には泡立った体液が小さく飛んだ。

「ひぁん！　奥、奥までおち×ちん来てますぅ！」

「そこはポルチオって言うんだぞ。ほら、ポルチオでイクって言え！」

「ぽるちお？　ポルチオでイク？　ああ、ポルチオ突かれてイキます！　エロメイドの悠奈は、ポルチオ突かれてイッちゃいますッ！」

天然の猥語が悠奈の口から漏れ、それがまるで自己暗示のように悠奈の性感を乗算的に高めた。膣内の締まりがさらに増し、相沢はエロメイドが絶頂寸前であることを悟った。

「ようし、いっしょにイクぞ！　膣内射精されたらイケよ！」

「また膣内射精されちゃうの？　ご主人さまの精液、いっぱい膣内に出されちゃうの？」

「そうだ！　エロメイドのエロま×こに膣内射精だ！　うッ、出すぞッ！」

短く呻いた相沢の肉棒から、大量の精液が迸り悠奈の膣奥をその奔流で叩く。その衝撃を敏感に感じ取った悠奈は、言われたとおりに同時に絶頂を迎えた。

「あ、あ、あぁッ！　膣の中に出てるッ！　ご主人さまの精液、ポルチオを叩いてるぅ！　イクッ、イキますぅッ!!」

背筋を、ピンと海老ぞりに反らし、身体全体で絶頂を表す。しばらくののち、絶頂が終わった悠奈はゆっくりと机に突っ伏し、射精を終えた相沢も、愛液で染まった肉棒をゆっくりと悠奈から引き抜いた。

「おっと、まだザーメンをこぼすなよ」

悠奈の淫膣は締まりがいいのですぐに精液を漏らしたりはしないが、それでも相沢は精液が漏れないように淫裂に手を当てた。そうして、脱力した悠奈を無理やり立たせると、メイド服の特徴たるフリルを両手で持たせて、さらにがに股の姿勢を悠奈に取らせた。

「ようし、いい姿勢だ。悠奈ちゃん、そのまま腹に力を入れて、おま×こからザーメンをひり出すんだ」

「ふぁい……」

絶頂により朦朧《もうろう》とした悠奈は、主人の言うがままに下腹に力を入れた。すると、露出した淫裂から白い精液がゆっくりと絞り出され、それは重力に引かれてむちむちの太腿に、つぅと垂れ流れた。

「……エクセレント」

感嘆の声をあげた相沢は、おもむろに取り出したごついデジタルカメラで、何枚も何枚もエロメイドの痴態を写真に収めた。

「あぁぁぁぁぁぁぁ……ぜったい二課長変に思ってるぅ……！」

性行為のあと、正気に戻った悠奈は、小さな頭を抱《かか》え、小柄な体をくの字に曲げて、部屋の高級ソファの上でジタバタと悶絶した。

「バレたかもぉぉ……」

「あー、大丈夫じゃない？　まさかボイスチャット先でエッチしてるなんて、普通の人は思わないさ。元子ちゃんは俺と違って常識人だし」

相沢が気休めにしかならない無責任発言をする。この人は本当に有能なトレーダーなのだろうか、と悠奈は疑いの目で相沢を見つめた。

「……相沢さん、今までもこんな無茶苦茶なことばかりしてきたんですか？」

「えー？　そんな言うほど無茶苦茶かな？」

首を傾《かし》げる相沢に、悠奈は「この人ダメな大人なんだ……」と素直な感想を胸に抱いた。そう思うと、真面目に取り合うのが馬鹿らしく思えてしまう。

「仕事の続きをします……」

悠奈はそう言うと、愛液と精液で濡れる股間にハンカチをあてがい——どうせこのあとも犯されるのだ——、再び席に着いた。

「あ、そういえば、ちょっと気になってたんだけど」

座った悠奈の横から、不意に相沢が身を入れてPCモニタを覗き込んだ。

「え、何ですか？」

「これ、社員向け財形貯蓄の処理だろう？　社員が給料から天引きされて積み立てるやつ」

「はあ、そうですけど……？」

この業務は経理二課から悠奈が担当していたもので、本来は引き継いだ経理二課社員の仕事なのだが、今の担当者がかなりズボラで、ほとんど丸投げに近い形で悠奈に振られていた。

「これ、前から自動化したいと思ってたんだよね」

相沢はそう言うと、悠奈の巨乳を両手で摑《つか》んで押して、悠奈の身体をキャスター椅子ごと横にどかし、自分用の高級チェアを持ってきて座った。

「……あの、私のおっぱいは取っ手じゃないんですけど？」

「摑みやすかったから、つい、ごめんね。えーと、エディタ、エディタ……」

相沢は悠奈の抗議を軽く聞き流すと、テキストエディタを開き、次の瞬間、猛烈な勢いで英数字を打ち込みはじめた。

「ふぇ？」

そのタッチタイピング速度は尋常ではなく、悠奈はＰＣモニタに表示される英数字を目で追うのがやっとだ。

「これ、コード？」

ＩＴに明るい悠奈は、それがプログラミングのソースコードであることがすぐにわかった。しかし、コードを直接手入力、しかも、こんな速度で入力する人間など見たことも聞いたこともない。

そして、十数分後には五百行ほどのソースコードがテキストエディタ上にでき上がってしまった。

「うわぁ、すごい……」

「うーん、まぁ、こんなもんかな？　さて、ちゃんと作動するかなー」

相沢はできたばかりのソースコードをコンパイルし、さらにそれを悠奈が処理していたファイルへサクッと埋め込んだ。

「はい、悠奈ちゃん。この実行ボタン押して」

「あの……エラー吐いたらメチャクチャ怒られると思うんですけど……」

会社で使っているソフトを許可なく改造することは、基本的にダメである。不良動作を起こして業務に支障でもきたした場合は、注意だけでは済まない。

「俺の会社で使うソフトを俺が改造して何が悪い？　ほら、やってやって」

渋る悠奈だが、急《せ》かす相沢の勢いに負け、彼女は流されるままに実行ボタンをクリックした。すると、それまで手入力で確認・修正していたファイルの数値が、みるみるうちに自動で修正されていき、数時間はかかるだろうと踏んでいた処理が、ものの数十秒で終了してしまった。

「う、嘘。もう終わっちゃったの？」

「おー、正常に動作したみたいだね。よしよし」

驚嘆して茫然とする悠奈とは対照的に、相沢は何でもないように二、三度頷いた。

「世の人間はなんで自動化できる作業をそのままにしておくんだろうねー。ちょっとよくわかんないなー」

「よくわかんないのは相沢さんです……」

この二週間で悠奈が得た相沢の人物像は、「金持ちの変態」だったが、この瞬間に「すごいスキルを持った金持ちの変態」へと上方修正された。

「てゆうか、相沢さん、プログラム組めるんですね。トレーダーっておっしゃってたから、てっきり、株式や金融の知識がすごいのかと」

「そっちも自信あるけど、トレーダーって人種は、プログラムを組める人間が意外と多いよ？　だって、自分好みにワークスペースを省力化、あるは拡大できないと、動かせる情報や金の量が全然増えないだろ？」

「なるほど、確かにそのとおりですね」

感心した表情で悠奈が相槌《あいづち》を打つ。言っていることはわかるし、それができれば理想である。しかし、大半の人間はそれを実行するだけの知識と技術、そして才能を持っていないから、それを持つ相沢はすごいと素直に思った。

「ココノエ証券を買収したのだって、俺が組んだシステムの有用性を証明したい、っていう欲求もあったからだし」

「システム？」

「うん、ココノエ・アーキテクトってやつ」

「えーーーーッ！」

相沢の何でもない一言に、悠奈が素っ頓狂な大声をあげた。

「あ、あの、ココノエ証券躍進の原動力となったココノエ・アーキテクトですか？」

「そう、それ」

「知らなかった……」

ココノエ・アーキテクトとは、株式シミュレーションや金融取引、はたまたイントラネットの活用など、幅広い分野に使用できるスーパー・アプリケーションで、まさしく現在のココノエ証券の心臓と言っていいシステムである。これにより業務の省力化や正確な株価予想があったからこそ、ココノエ証券は業績のV字回復に成功したのだ。そんなすごい複合システムなのだが、作成者は杳《よう》として知れず、業界の七不思議とも言われている謎なシステムなのだ。

「相沢さんって、すごい人なんですね……」

すっかり印象を変えた悠奈にニヤリと笑うと、相沢はエロメイド服から零《こぼ》れ落ちているむちむちの巨乳を手で揉みながら、「見直した?」と得意げに笑った。

次の日のコスプレ衣装は、シースルーの透けすけレオタードだった。

「昨日の尊敬を返してください!」

「は、何で?」

「すごい人だと思ったのにぃ!」

実際、昨日はひょんなことから判明した相沢の超スキルと実績に、密かな尊敬と、そんな人物に所有されているという、少し歪んだ優越感を覚えていたのだ。

そんな彼が悠奈に着用を命じたのが、お笑い芸人のギャグ衣装にしか見えない透けすけレオタードなのだ。さすがに文句の一つも言いたくなる。

「ああ、こんな体型がわかる服は着たくないのにぃ……」

レオタードは悠奈のむちむち恵体ボディにぴったりとフィットしており、その豊満な身体のラインをより強調している。そして、透けすけシースルーなうえに、もちろん悠奈はインナーの着用を禁じされているから、大きめの乳輪や乳首の色まではっきりと見える。

「素晴らしいだろう？　実に機能的なレオタードだ」

「こんなの着る人どこにいるんですか……あー、私だぁ……」

盛大なブーメランが突き刺さって落ち込む悠奈を、相沢が慰めるようにその頭を優しく撫でた。

「……それで、これで仕事をすればいいんですか？」

昨日のように振る舞えばいいのか、と悠奈が言うと、相沢はニヤケ顔で首を振り、部屋に設置された大型テレビの方向を指さした。釣られて悠奈が視線を向けると、テレビ前の床には、シリコン製のヨガマットが敷かれている。

「……何ですか？」

「仕事してる悠奈ちゃんを見て思ったんだけど、悠奈ちゃんって、かなり猫背だよね」

「えっと、はい……」

相沢が指摘するとおり、悠奈は陰キャな性格がそのまま姿勢に表れたような猫背で、それは立っていても座っていてもすぐにわかるほどだ。

「猫背はおっぱいが垂れやすいんだ。ペットの飼い主としてそこは気になる」

よけいなお世話だと思うが、確かに指摘されるとにわかに垂れ乳への不安が湧き起こる。相沢と関係を持つまで、巨乳は悠奈のコンプレックスでしかなかったが、男が何度も褒めるので、今ではその大きさと形を、少し自慢に思っているのだ。

「というわけで、運動しよう！　さあ、ヨガマットに座って。大丈夫、激しくないメニューを選んだから」

「相沢さんはやらないんですか？」

「俺は運動ノーサンキューなおっさんだから、やらない」

「私だって運動音痴です！」

悠奈の抗議もどこ吹く風で相沢がタブレットを操作すると、大型テレビが音もなく起動し、おそらくサブスク配信であろうエクササイズ動画が流れはじめた。

「さあ、最初は柔軟体操を兼ねたヨガだよ」

相沢に促され、悠奈は渋々テレビ画面に登場したトレーナーと同じ姿勢を取った。運動など、学生時代の体育の時間以来、まともにしたことがない。

「え、えーと……まずは深呼吸から……？」

指示どおり、透けすけレオタードを着た悠奈が、座った状態でお腹に手を当て、スーハースーハーと深呼吸を始めた。呼吸に合わせ、透けすけレオタードに包まれたむちむちのお腹が、ぷるんぷるんと可愛らしく揺れる。そして、それを見た相沢の視線がにわかに鋭くなり、彼は無言で撮影機材を準備しはじめた。

「……うぅ」

それに気づいた悠奈は、しかし、当然拒否する権利も勇気もないため、意識をそらすようにヨガに集中した。画面のトレーナーの指導に合わせ、健気《けなげ》にヨガのポーズをとる。その仕草は透けすけレオタードのせいでエロティックに艶めかしく、また、なんともユーモラスで愛嬌のある動きにも見えた。

「ふぁー、ほぁー！」

「……ふむ、エロくてプリティなアザラシがダンスをしているような、そんな可愛らしさがあるね」

「それ褒めてますー？」

「もちろんだとも」

相沢が茶々を入れる間にもヨガは進み、画面のトレーナーが見事な開脚座位から両手指をつま先まで伸ばすストレッチを始めた。悠奈も巨尻を、ぺたんとヨガマットに降ろし、肩幅ほどに開脚して両手を伸ばし体幹を前屈させた。が、

「固ッ！　身体、固ッ！」

相沢がびっくりして叫ぶほど、悠奈の身体はちっとも前には倒れなかった。

「ぬ〜〜！」

悠奈も一生懸命身体を折り曲げようとしているのだが、その姿は見事なコの字だ。なんとかしようと身体をジタバタ動かすが、身体のいろんなむちむちが、ぷるぷると揺れるだけで、のたうっているようにしか見えない。

「これはサポートが必要だな。うん、きっとそうだ」

動画をポーズした相沢が、ニヤケ顔を浮かべて悠奈の背後に回る。嫌な予感がした悠奈が止める間もなく、相沢は悠奈の背中に身体を密着させ、ゆっくりゆっくりと彼女の背を押しはじめた。

「あ、痛い痛い痛い痛い痛い！　相沢さん痛い！」

「おっとっと、強すぎた？　ごめんごめん」

まったく悪びれた様子もなく相沢が力を抜く。ホッと一息をついた悠奈だが、相沢の手がむちむち太腿の内側に添えられたのを見て、「あッ」と鋭い悲鳴を発した。

「これ、もっと脚を開かないとダメじゃない？」

「無理無理無理無理！　おまたが裂けます！」

「大丈夫大丈夫、最初から裂けてるでしょ」

かなり適当なことを言った相沢が、目いっぱいに拡げた悠奈の両脚をさらに外側に拡げる。内腿の筋肉が、ピーンと張り、悠奈の口から「うにゃあ！」と変な悲鳴があがった。

「この姿勢だと、おま×こが丸見えだな」

強引な開脚は、むちむちの太腿に隠されたパイパンの秘裂をはっきりと晒してしまう。しかも、今日も悠奈はパンティの着用を禁じられ、着ているレオタードは透けすけシースルーなので、その姿カタチをはっきりと見ることができた。

「やっぱりこうなったぁ……」

悠奈の嘆息にニヤニヤ顔で応え、相沢の手がパイパンの秘裂に伸び、さするようにして弄りはじめた。

「ほら、リラックスリラックス。身体の力を抜かないと、柔軟体操は上手《うま》くいかないよ」

秘裂を弄られてはリラックスどころではないと思うが、諦観した悠奈は先ほど覚えた深呼吸を繰り返し、何とか身体の力を抜こうと試みた。

人間の肉体と筋肉は生理学的に呼吸を繰り返せば弛緩するようにできている。弛緩した筋肉がストレッチによってさらに伸張されると、先ほどとは違った心地いい刺激を悠奈は感じはじめた。

「ふぅ〜〜、はぁ〜〜」

悠奈の深呼吸に合わせて、相沢もゆっくりと背中を押してやる。その固い身体がほぐれる心地いい刺激は、次第に悠奈の身体にリラックス効果をもたらし、ゆっくりと身体の弛緩を司《つかさど》る副交感神経が惹起されていった。

そして、副交感神経が高まった悠奈の肉体は、股間の刺激に合わせた性的な肉体反応を返しはじめた。秘裂を弄る相沢の手が、わずかに、ぬちゃという粘音を奏でる。

「悠奈ちゃん、見てごらん」

よく見ると、透けすけレオタードの布地に、小さいが黒いシミが現れていた。

「ふぇ？」

リラックス効果でトロンとしていた悠奈が、促されるままに己《おのれ》のパイパンの秘裂に視線を落とすと、そこにはさらに面積を広げた愛液のシミが存在していた。

「あ、濡れてる……」

「さあ、もっとリラックスしよう」

静的ストレッチの心地よさが、次第に性的な快楽へと置き換わっていく。愛液で濡れたレオタードは、さらにくっきりと秘裂のカタチを浮き上がらせ、その中の、性的興奮により硬くなった陰核を相沢の指が、くりくりと弄り回す。

「んぁ……」

悠奈が鼻にかかった鳴き声をあげ、さらに秘裂の奥から新鮮な愛液が分泌される。興奮は他の部分にも表れ、硬く勃起した乳首を相沢が摘むと、悠奈はさらに高い音で鳴いた。

「はぁ……あはぁ……うぁん……」

蠱惑《こわく》的に開いた口から桃色吐息が吐き出され、透けすけレオタードに包まれた肢体がじっとりと汗ばむ。脱力した身体はいつの間にか前屈姿勢から背後の男に身を預ける姿勢となり、陶酔の快楽が身を包む。

「こらこら、悠奈ちゃん。ちゃんとストレッチしないと」

「だってぇ……身体の力が抜けちゃって……」

「しょうがないな。ここは俺が一肌脱ごう」

相沢はそう言うと、脱力した悠奈をヨガマットに仰向けに寝せ、その片足を抱え上げて悠奈の身体を折り曲げた。内腿と臀筋が伸張される真っ当なストレッチに悠奈が、「ほぁ……」と心地いい息を吐くが、当然、相沢の手はストレッチ中も秘裂や乳首を弄り、悠奈は柔淫両面の快楽に晒され、さらに、とぷりと愛液を秘裂からこぼした。

たっぷり一分以上伸ばしたら、今度は反対の脚を抱えて同じことを行なう。それが終わると、おもむろに相沢は透けすけレオタードのハイレグクロッチ部を横にずらし、愛液で蒸らされつづけた秘裂を外気に触れさせた。むわっとした匂いが相沢の鼻腔を刺激し、彼は肉棒が硬く怒張するのを感じた。

「レオタードで蒸れむれになった悠奈ちゃんのおま×こ、実に美味しそうだよ」

「うぅ、恥ずかしいです……」

とろとろの秘裂に、相沢の指が二本、ズブリと挿入される。悠奈の膣内は燃えるように熱く、彼女が性的な快感を得ていることは明らかだった。

「もう準備はいいみたいだね。いつも以上に熱く濡れてる」

「はい……悠奈のおま×こに、相沢さんのおち×ちんください」

ストレートなおねだりに気をよくした相沢は、今度はむちむちの太腿を両方とも抱え上げ、大きく股間を開いた。

「お、少し股間が柔らかくなったんじゃない？」

「わ、わかんないです。あん……！」

勃起した肉棒が露出した秘裂に触れ、快楽の予感から甘い声が漏れた。それを女の合図と解釈した相沢は、正常位で深く悠奈に挿入した。

「あはぁぁぁ……ッ」

とうとう挿入された肉棒の圧倒的存在に、悠奈の膣が、きゅきゅと締まる。まずは深く挿入し、身体を密着させた相沢が蕩けた表情の悠奈に軽くキスをすると、彼女は相沢の首に腕を回し、相沢の口唇を食《は》むように、ちゅちゅっとお返しのキスを放った。相沢もそれにさらに応え、次第に舌同士が絡み合うディープキスへと発展する。

ぢゅぷ、ぢゅぱと唾液が淫らに交換され、互いの情欲が精神面でも燃え上がる。

不意に、キスをしたまま相沢が肉棒の抽送を始めた。口淫の音に性交の淫水音が混ざり、ひどくいやらしいハーモニーを奏でる。それは抽送の快楽と相まって、悠奈の快楽中枢を激しく刺激し、彼女は昂った情欲を抑えきれずに、あっという間に絶頂へと達した。

「お、悠奈ちゃん、イッた？」

絶頂に伴《ともな》う強烈な膣の締めつけから絶頂を知ると、相沢は口唇を離して言った。悠奈は小さく、こくんと首を縦に振り、「イキましたぁ」と甘い声で返事をした。

「なんだか、いつもとは違って、ゆっくり、ぞわぞわー、って感じでした」

「ほう、ストレッチのリラックス効果なのかもね。さて、と」

相沢はいったん肉棒を抜くと、今度は自分がヨガマットの上に寝転がった。いまだ硬く勃起した肉棒が天を衝き、その淫水まみれの怒張を見た悠奈の頬が赤く染まる。

「ストレッチのあとは運動が必要だと思うんだ。今日のフィニッシュは悠奈ちゃんが動いてしてくれ」

「え、えっと……」

騎乗位の経験はないが、相沢の体勢からどうすればいいのかは何となく理解できる。悠奈は相沢の身体をゆっくり跨ぐと、肉棒と秘裂に手を添えて、ゆっくりと腰を降ろして膣で肉棒を咥え込んだ。

「ふ、ふわぁ……重くないですか、相沢さん？」

「全然大丈夫だよ」

むちむちの巨尻を相沢の腰に乗せ、汗まみれの透けすけレオタード姿で悠奈が淫らに悶える。その姿に満足を得つつも、相沢はさらなる命令を悠奈に下した。

「悠奈ちゃん。運動って言っただろ？　ほら、動いて」

「ええ、でも、どうすれば？」

「スクワットするみたいに、ゆっくり腰を上下に動かすんだ」

相沢にそう言われ、悠奈は膝を立てると、ゆっくりと踏ん張って腰を持ち上げはじめた。しかし、肉棒が膣壁を擦る快楽に腰が痺れ、へなへな、と再び男の腰に着地してしまう。

「あん……これ、気持ちよくって、上手く動けないですぅ……」

「こら、弱音はダメだぞ。ほら、しっかりやって！」

相沢がむちむち臀部を軽く摑んで、まるで体操の補助のように悠奈の腰の動きを助けた。悠奈もそれにつられて、健気にまた腰を持ち上げた。

「はぅ……あぁん……」

ゆっくりとゆっくりと、快楽と重力とに打ち勝って腰を持ち上げ、そして、ゆっくりと降ろす。なんとか一往復を終えた悠奈だが、当然相沢は満足していない。彼女は覚悟を決めて、淫靡な騎乗位スクワットを始めた。

「あん、あん、あぁん……！」

腰を上下するたびに甘い快楽が背筋を奔る。また、運動不足の悠奈にとってこの動きはけっこうな重労働で、さらに噴き出た汗が、ぽたぽたと相沢の身体に滴り落ちた。

「はぁはぁはぁ、相沢さぁん……」

「がんばれ、がんばれ。気持ちいいよ悠奈ちゃん」

男の声援に悠奈は発奮し、汗だくレオタード姿をくねらせながら、必死に淫靡なスクワットを続けた。すると、次第に動きに慣れてきたのか、あるいは、情欲の昂揚が疲労をかき消したのか、むちむち恵体ボディの上下運動が次第に大きく、ダイナミックなものへと変化しはじめる。

「あんッ、あんッ、はぁんッ！」

上下するスピードが増し、むちむちの巨乳が上下左右に盛大に躍り、むちむちの尻肉が、ぺちぺち、と相沢の腰を卑猥に叩く。二人の結合部では愛液が摩擦によりいやらしく白濁し、動きに合わせて、くちゅ、ぐちゃと淫らな水音を奏でた。

「相沢さん……またイッちゃう……悠奈、またイッちゃいます！」

動きを止めることなく悠奈が告白する。素晴らしい「膣コキ」は相沢の情欲も十分に高めており、彼は大きく頷くと、不意に腰を突き上げ、肉棒を深く膣内に打ち込んだ。

「よし、俺もイクからイッていいぞ！」

「あぁん、わかりました！　イク、イクぅッ！」

悠奈が絶頂を迎えた瞬間、相沢も膣内で盛大に射精を始めた。膣奥に熱い精液を叩きつけられて、悠奈は絶頂の中でさらなる快楽を味わいつづけた。

「ふぅ……レオタード、なかなかよかったな。悠奈ちゃん、たまにこうやってストレッチと運動をして、猫背を治そうね」

「ふぁい……」

男に跨った卑猥な姿勢で、悠奈は従順に返事をし、頭とむちむちの巨乳とが、こくんぶるんと上下に揺れた。

第三章　私の身体はいやらしいようです

　うぃん、うぃん、うぃん……と定期的でリズミカルな機械音が部屋に響く。その音の発生源は、一昔前に流行《はや》った乗馬型のダイエットマシンだ。そして、その上には体操着とブルマを着た悠奈が、必死の表情で取っ手にしがみつきながら全身を揺らされていた。

　濃紺のブルマも純白の体操着も、いつものように悠奈にとっては明らかにサイズが小さく、ブルマからはむちむちの臀部肉が、むちぃとはみ出し盛り上がっている。

　ノーブラの体操着は裾が極端に短く完璧なヘソ出しルックとなっており、最近サイズが増した巨乳と伸縮性の高い布地の合わせ技は、ものの見事な乳袋を形成し、さらにその頂点には勃起した乳首が硬く尖っている。

「ひぃぃぃぃッ！　相沢さぁん！　限界ですッ！　イッちゃう、イッちゃうぅッ！」

「十分我慢する約束でしょ、まだ五分も経ってないよ？　最近の悠奈ちゃん、イキ癖がついたのか、ちょっとの刺激でイッちゃうから、少しは我慢を覚えないとね」

「そんなぁ！　おま×こ、もう無理ぃ……」

どんな改造をしたのか、ダイエットマシンの座面には男性器を模したディルドが突き出ており、それは切り込みが入ったブルマの股布を貫通し、悠奈の膣穴にダイレクトに突き刺さっているのだ。乗馬マシン特有の前後左右上下に揺れる動きに合わせ、膣内のディルドが悠奈の膣内で縦横無尽に暴れ回る。拷問にも似た快楽責めに、悠奈はもう息も絶えだえだ。

「ひっ、ひっ、ひっ、ひぃぃッ！　らめ、らめぇ……ッ！」

揺れる動きに合わせ、股間の接合部から、ぶしゅぶしゅと透明な潮が幾度となく飛散し、口の端からは涎がこれまた振動に合わせて飛沫を飛ばす。元々体力がない悠奈にとって、この責めは恐怖心と悦楽とが複合した苛烈なもので、彼女は半べそどころかガチ泣き寸前で悲鳴をあげた。

「相沢さぁぁん、ゆるぢでぇぇ！」

「うーん、仕方ない。ほら、イッていいよ」

さすがにもう限界だと判断したのか、相沢は悠奈に絶頂の許可を出すと同時に、平手を、ぱしぃんとブルマの上から悠奈の臀部に叩きつけた。その瞬間、鋭い臀部の激痛と共に耐えに耐えていた快楽が悠奈の全身を行き来し、ピーンと張った太腿を激しく震わせて悠奈は絶頂に達した。

「ぁぁぁぁぁあああああ……」

絶望的な哀声が長く響き、それが途切れると同時に乗馬マシンもゆっくりと停止した。

「悠奈ちゃん、自分で降りられる？」

「無理ですぅ……」

「はいはい、それじゃ俺に摑まって」

抱きかかえるように相沢が悠奈の身体を持ち上げ、ゆっくりと乗馬マシンとの接合を解き床に降ろしてやる。そして、ぺたんと女の子座りをした悠奈の顔の前に、無造作に、ぼろんと己の肉棒を露出させた。

「ひぁい……」

もはやそれが当然の行為だと言わんばかりに、ひどく自然な動作で悠奈が、ぐぱぁ、と舌から豪快に口を開け、ばくりと一気に半勃ち肉棒を根元まで咥え込む。

「おぼぉぉ……ぢゅぢゅぢぅ……」

そのまま舌と咽頭を積極的に動かし、鈴口からカリから竿全体まで、満遍なくダイナミックに刺激する。

「おお、たまんないな……悠奈ちゃん気持ちいいよ」

相沢が褒めると同時に悠奈の頭を撫でると、悠奈は恥ずかしそうに「ぅぁん……」と鼻を鳴らした。

コスプレセックスを始めてから、さらに数カ月が経過していた。相沢と悠奈はその間も淫蕩で乱れた毎日を送っていたが、特に相沢が傾倒したのは、種々様々なコスチュームプレイと、それを着た悠奈の性感開発だった。

バニーガールで立ちバック、ナース姿のオモチャ責め、セーラー服のイラマチオ強要……数えきれないほどのコスチュームプレイは、悠奈の心身の性的感度とセックス技術を劇的に進化させていた。

ぢゅぽッ、ぢゅぽッ、ぢゅぽッと、悠奈の頭が前後に動くたびに、淫猥な音が彼女の口元から漏れる。

以前は肉棒すべてを咥えることは不可能だった悠奈だが、今では勃起した肉棒をえずくことなくその小さな口喉《うま》で受け容れることができる。

「喉フェラもずいぶん上手くなったな。おま×こ責めたらすぐにイッちゃうし、おっぱいとお尻はどんどん大きく育つし、君は本当にいやらしい女の子だね、悠奈ちゃん」

相沢のその言葉に、悠奈はゆっくりと肉棒を吐き出すと、相沢と肉棒から顔を背けて——肉棒を手でしごきながら——複雑な表情で言った。

「……そゆこと、言わないでください」

荒淫による身体の変化に一番戸惑っているのは悠奈自身だ。さんざん凌辱された結果、いわゆる奴隷根性のような相沢に服従し奉仕する精神は養われたし、興奮と快楽が昂まるとさまざまな痴態や淫語を無自覚に晒すこともある。

だが、悠奈はいまだ「恥じらい」を失っておらず、相沢の変態的な要求に対して常に新鮮な反応を返してくれる。それはとても好ましく、また、相沢の凌辱欲をそそる絶妙なスパイスになっているのだ。

「私、淫乱じゃないもん……」

「ふふふ、そうだね。悠奈ちゃんはちょっと感じやすいだけだもんね」

相沢の中での悠奈の評価もだいぶ変わった。最初は本当に「暇つぶしの性玩具」くらいにしか考えていなかったが、悠奈の性的ポテンシャルが余りに高かったため、「貴重な性玩具」として大事に扱《あつか》おうとしていた。

また、相沢にとって意外なことに、悠奈はその弱気で陰気な性格からは想像できないほど仕事が優秀であった。古巣の経理二課では頼りになる存在であったことは知っていたが、業務処理をそれとなく観察すると、非常に丁寧で堅実な処理を彼女はしていた。そのため、相沢は少しずつ自分の秘書的業務も悠奈に任せようと考えていた。

「……おいで」

どっかりと椅子に腰掛けた相沢が悠奈を手招きする。何を要求されているか敏感に察した悠奈は相沢に近づくと、穴あきブルマを履いたまま、そろりゆらりと相沢に跨って身体を密着させた。起立する肉棒と濡れぼそった膣穴が接触し、一瞬の躊躇《ためら》いのあと、何かを堪《こら》える表情の悠奈がゆっくりと腰を沈め、二人は対面座位の体位で結合した。

「ひぃぅん、おち×ぽ、おっきぃ……おへそまで届いてます」

毎度おなじみ悠奈の無自覚淫声が相沢の興奮を惹起し、彼は小さな悠奈の大きな巨尻をがっちり摑むと、前後に激しく揺らして膣内を攪拌《かくはん》する。じゅぶじゅぶ！　と派手な音が股間から聞こえ、強烈な官能を充てられた悠奈は、背筋をピンと伸ばして顎を反らせた。

「きゃん！　いきなり激しくはダメですぅ！」

「注文の多いオモチャだなぁ……あ、そうだ。ダイエットロデオマシンを十分我慢できなかったお仕置きをしなきゃね」

「ひっ！　な、何をする気ですか？」

相沢がいつものスケベそうなニヤケ顔を浮かべる。この表情のときには、この男は碌《ろく》なことをしない。

「そろそろこっちの穴を開発しようか」

「う、嘘ぉ？」

相沢の指がブルマの股穴に差し込まれ、結合部の少し上、小さく窄まった悠奈の肛門に、つんと触れた。

「無理です無理ですッ！　そんなところ汚いですッ！」

「大丈夫だいじょうぶ、悠奈ちゃんに汚いところなんてないよ……」

相沢の指が、悠奈の肛門を、ぐりぐり、と揉む。そして、悠奈の抵抗が一瞬だけ緩んだ隙に、中指を、ずぶり、と第二関節まで一気に挿入した。

「ひぎゃぁあッ！　抜いて、抜いてぇ！」

「おお、すごい締め付け……肛門が締まるとま×こも締まるなぁ」

「ばかばかぁ、変態ぃ……」

男の凌辱に耐えるため、男の首にしっかりと抱きつく。その悠奈の矛盾した行動に大きな満足を得ながら、相沢は傲慢な指遣いで悠奈のアナルを蹂躙《じゅうりん》した。

二十八年間、便通にしか使用していなかった排泄孔を、ごつごつした男の指でほじくり返される。それは気持ち悪く、情けなく、どうしようもなく惨めで、しかし、だからこそ淫蕩に開発された悠奈は、官能を惹起する昏淫な被虐体験として受け容れてしまっているのだ。

「お尻やめてぇ、オモチャにしないでぇ……」

「おや、悠奈ちゃんは俺の何だったっけ？」

「うぅ、私は……相沢さんの……」

「俺の、何？」

「相沢さんの、ペットです……性玩具です……性奴隷です……うぅ……」

聞く者が聞けば義憤に駆られるほどの哀声で悠奈が言う。しかし、その悠奈の膣穴は、言葉を重ねるほどに、ぎゅぎゅ、と敏感に痙攣し快感を得ており、相沢は挿入した肉棒を通してそれを的確に理解していた。

（この娘は真性のマゾだな。可哀そうな自分に簡単に酔えるタイプだ。さらに弱気なくせに承認欲求がわりと強い。……悪い男に騙されるはずだなぁ）

数瞬だけ極めて冷静に思考し、しかし、だからこそ自分がこの極上ボディのマゾ牝犬を好きに味わえると思うと、悪い男に感謝したい気持ちになる。

「……ケツ穴の指を増やすぞ？　そのうち、ち×ぽもぶち込んでやるからな」

「嫌ぁ、許してぇ。お尻裂けちゃう……」

言葉とは裏腹に、肛門に挿入する指を増やされても、悠奈は何の抵抗もしなかった。それどころか、蹂躙する指をまるで歓迎するかのように、肛門は妖しい収縮と弛緩を繰り返し相沢の指を呑み込んでいた。

「……ほら、ケツの指がま×この中のち×ぽに触ってるのがわかるだろ？　ぐりぐり、ぐりぐりってさ」

相沢の言葉どおり、膣穴と直腸に挿入された男の器官が、薄い肉壁を挟んで接触しているのがわかる。瞬間、調教された肉体が悦んでいることすら、わかってしまう。

（私、こんなひどいことされてるのに、こんなに感じちゃう、エッチな女の子だったの……？）

ひと月の荒淫が、その過程で得られた数えきれないほどの官能と絶頂とが思い出される。その記憶の中の自分も、そして今の自分も、男の凌辱に悦び、喘いでいる。

「……相沢さん、イク……！」

湖面に浮かんだ泡が突然弾けるように、前兆のない絶頂が悠奈を襲った。それは、初めて悠奈が意識下で凌辱の異常快楽を受け容れた瞬間だった。

「もうイッちゃったの？　悠奈ちゃんいやらしいね」

「……はい」

男にぎゅっと抱きつきながら、膣内の肉棒をぎゅぎゅと締め絞りながら、肛門をほじる指をぎゅうと締めつけながら、体操服姿の悠奈は淫蕩な笑みを浮かべて答えた。

「私、いやらしい女の子みたいです……」

「うんうん、淫乱な女の子は、俺、大好きだよ」

「その……それは、いわゆる、そのぅ……」

「もちろん、性玩具の奴隷ペットとしてね」

「あぅ、やっぱり、そうなんですね……」

はっきりと断言されて少しだけ悠奈がへこむ。いわゆる、恋人的愛情を欲《ほっ》しているわけではないが、ここまで肉体関係を深めてしまうと、悠奈のほうから情が湧いてしまうのだ。

「恋人とか嫁さんとか、なんかよくわからないんだよな」

「えと、過去にそういう女の人とか、いなかったんですか？」

「まぁ、女遊びはかなり激しかったし、いちおう、俺、大金持ちだろ？　そういう関係を求める女はけっこういたよ」

「その人たちはどうなったんですか？」

「結婚とか匂わせはじめたら、手切れ金を渡して『はい、サヨナラ』だね」

「うわぁ……」

予想以上に徹底した相沢の塩対応に、悠奈は一瞬本気で呆れてしまった。

「中には、『子供ができた』って騒いだ女もいたけど、そのときも割り増しの手切れ金渡して終わりだね」

「え、じゃあ、相沢さんは子供がいるんですか？」

「さぁ、どうだろ……認知はしてないから、私生児のまま産んだのか、堕ろしたのか、それとも妊娠が嘘だったのか……一生分の養育費の数倍のお金は渡しているから、責任は果たしているつもりだけどね。悠奈ちゃんも、ちゃんと渡したアフターピルを飲みなよ？」

「はい……」

なんでもお金で解決しようとする相沢の姿勢には嫌悪感を覚えるが、しかし、結局のところ自分もそのお金が目的なのだから、悠奈としても強く文句を言えない。

「男女の肉体関係なんて、割り切って楽しむ程度が丁度いいのさ。悠奈ちゃんだって、新しい快楽をいろいろと味わいたいだろ?」

「ええと、それは、コメントに困るというか……」

自分が思った以上に淫乱な身体をしていることは十分に思い知っている。それは恐ろしくもあるが、確かに強い興味を覚えることでもある。

「一年の間は互いに楽しもうよ。全部が全部『そういうプレイ』だって割り切っちゃえば、楽しい一年を過ごせると思うよ。普通の人生では味わうことがない、刺激的な人生をね」

「そういうプレイ、ですか……」

ブルマ姿の悠奈の視界に、さっきまで跨り、自分を責めた乗馬マシンが映る。

……確かに、普通の人間はあんなものに跨って嬌声をあげたりはしないだろうし、それにより自分が受容した快楽は常軌を逸したものだったのだろう。

「……わかりました、いっぱい気持ちいいことを教えてください」

顔を男の胸板に、ぴたりと寄せて、そっと目を閉じる。それが、いま悠奈が考える、男に対する服従の姿勢だった。

ココノエ証券社屋に造られた相沢の部屋には、本格的な浴室も完備されている。そこは成金趣味の相沢らしく、一般的な浴室とはケタ違いの、広く豪華な空間であった。浴室というよりは、浴場と言ったほうがいい広さだ。

そんな豪華な浴室に先に入っていた相沢は、珍しくそわそわした様子で悠奈を待っていた。ほどなくして、浴室のガラス製のドアが開いて悠奈が、おずおずと浴室に入ってきた。

「あのぅ、これ、サイズが小さすぎるんじゃ……」

悠奈が着ているのは、パツパツの競泳水着だ。本人が言うように――というよりいつもどおり――それは悠奈のむちむち恵体ボディにはサイズが小さすぎて、巨乳は生地を大きく突き上げて破れんばかりだし、臀部は極めて切れ込みが深いハイレグが食い込むようにして巨尻を割っている。

しかも、この水着は相沢が金にあかせて作らせた特注品で、胸部と股間部は極めて薄く伸縮性のある特殊素材で作られている。そのため、最近成長が著しい乳首と陰核のカタチが、水着の上からでもはっきりと見て取れた。

「それは悠奈ちゃんの体型に合わせた特注品だよ？　なのに、そんなことを言うなんて、俺、悲しいなぁ」

「あ、ご、ごめんなさい！　その、水着嬉しいです……」

明らかに冗談とわかる相沢の非難だが、性奴隷の自覚を持つ悠奈は慌てて頭を下げて謝った。その動きに合わせ、伸縮素材に包まれた巨乳が、ぶるんぶるんと揺れる。

「おお、これは想像以上だな。悠奈ちゃん、ちょっとぴょんぴょんしてみようか」

「ぴょ、ぴょんぴょんですか？」

「そうそう、ぴょんぴょん」

悠奈は小さく身を屈《かが》めると、言われたとおり、ぴょんぴょんと跳ねた。浴室の床は濡れており、しかも悠奈は運動音痴ぎみなので、それは不格好なジャンプであったが、上下に揺らされた悠奈の巨乳は、先ほどよりもよりダイナミックに上下左右に躍動した。

「マーヴェラス！　その胸の生地は最新のスポーツ科学によって作られた特殊素材でね。陸上競技や競泳で巨乳の女の子が、おっぱいの重さで困らないように開発されたスポーツブラ用のものなんだ。今の悠奈ちゃんにはぴったりの存在だな！」

「は、はぁ……」

確かに、こんなに飛び跳ねたら、普通は巨乳の重さで痛みを感じるはずだが、悠奈は何ともない。

「今度はその素材で作った普段使いのブラジャーもプレゼントしよう。悠奈ちゃんの素晴らしい巨乳が垂れるなんて嫌だからね」

「あ、ありがとうございます……」

これは大事にされていると思っていいのだろうか？　曖昧な表情でお礼を言う悠奈を見て相沢は満足そうに頷くと、「おいで」と言って悠奈を手招きした。

「滑るといけないから、ここに座って」

そう言われ、真ん中が不自然に割れた浴槽椅子——つまりスケベ椅子——にちょこんと座る。

「熱かったら言うんだよ」

相沢はそう言うと、手桶に入った液体を慎重に悠奈の肩甲部からかけはじめた。最初はお湯かと思ったその液体は、強力なとろみがついたぬるぬるのローションで、あっという間に悠奈の首から下はローションまみれになってしまった。ローションは浴室の照明に照らされ光沢を発し、それは悠奈の豊満ボディを鮮やかなヌルテカ淫乱シルエットに変えた。

「ひっ……」

ローションは水着と肌の間にも入り込み、そのぬるぬるとした感触に悠奈が慄《おのの》く。

しかし、体温以上に温められたローションは案外心地よい。

「さあ、弄《いじ》ってあげよう」

ローションをかけ終えた相沢が、両手で、まるでローションを悠奈の肌に塗り込めるように、ゆっくりと、しかし、ねちっこく悠奈の身体を愛撫しはじめた。

「はぅ……ッ！」

今はもう相沢の手で身体を触られることに忌避感はなく、ただ温かい男の手で身体を弄《もてあそ》ばれる悦楽の感触が心地いい。しかも、ローションと極薄競泳水着によるふだんの愛撫とはまったく違う手の感触に、悠奈の背筋に、ぞわぞわっとした快楽が走った。

「どーお、悠奈ちゃん」

「はいぃ……これ、すごくイイです。気持ちイイです……あぁん……」

小さな口から乳首の色と似た桜色の舌を、ちょこんとはみ出させ、悠奈が快楽の吐息と共に喘ぎ声を漏らした。ただでさえ極薄素材のせいでカタチがはっきりとわかる乳首と陰核が、性的興奮による充血効果で肥大し、さらにその存在を強く主張する。

「乳首の見え方がすごいな、これ」

小指の先ほどに盛り上がった悠奈の乳首を、相沢が軽く指で、ぴんと弾いた。

「にゃん！」

「ほれほれ、かりかりしてあげよう」

そのまま両胸の乳首を指で、かりかり、つんつんと弄り倒され、悠奈は身をよじって快楽に耐えた。しかし、その刺激はふだんの強烈な快楽と比べたら微妙に弱く、次第に悠奈は物欲しそうな眼で相沢を見つめはじめた。

「あ、相沢さん……その、あのぅ……」

「んー？」

悠奈の控え目な訴えに相沢が気のない返事で答える。何も気づいていない素ぶりだが、口元がいつものニヤニヤ笑みを浮かべており、確信犯であることは明確だった。

つまり、悠奈がちゃんと言わない限り、彼は乳首しか弄らないつもりなのだ。

「ち、乳首だけじゃ、その……」

「あ、もしかして刺激が強かったかな？　ちょっと休憩しようか？」

「あぅ、イジワルぅ……」

半べそをかいた悠奈は、大胆にむちむちの両腿を開くと、ハイレグの極薄競泳水着で覆われた股間を露出した。

「ここも、弄ってください……」

「ここってどこ？　おなかかな？」

「ここです……！　悠奈の、く、クリトリスです……！」

とうとう言ってしまった猥語は悠奈の恥じらいをさらに惹起し、彼女は顔を赤く染めて目を閉じてしまった。

「ああ、ごめんごめん。悠奈ちゃんはクリトリスも弄ってもらって、もっと気持ちよくなりたいんだね？」

「そ、それは……はい、そうです」

瞬間的に否定しそうになるが、もはや悠奈の心には性奴隷根性が宿っており、それは支配者が望む答えを、自然と口から発する効果を生んだ。

「悠奈は、相沢さんにクリトリスも弄ってもらって、もっともっと気持ちよくなりたいです……相沢さん、スケベな奴隷のクリトリスを虐めてください……」

涎すら垂れる半開きの口でそう言うと、相沢はニヤケ顔の喜色をさらに強め、うんうんと何度も頷いた。

「奴隷にそこまでお願いされたら、飼い主としてちゃんと弄ってやらないとね」

彼はそう言うと、やおら悠奈の身体を椅子に押しつけるように優しく押さえた。

「はえ？」

「暴れて転んだら危ないからね」

そう言うと、相沢は悠奈の陰核に、先端が球状の器具をぴたりと当てた。悠奈には、相沢の身体が死角となり、何を当てられたかわからない。

「それじゃ、存分に気持ちよくなってね」

相沢が器具のスイッチをカチリと押した。瞬間、先端のヘッド部が猛烈な振動を始め、陰核を強烈に刺激した。

「ひ……ひゃぁぁぁッッ！」

この荒淫生活の中でも記憶にないほどの強烈な刺激が陰核に炸裂し、相沢の予想どおり、悠奈の身体がスケベ椅子の上で激烈に跳ねる。

「おっと、転んじゃだめだよ」

「相沢さんッ！！　コレだめッ！！！　強すぎぃッ！」

悠奈の陰核に当てられた器具は、いわゆる電動マッサージ器だ。しかも、本来の用途ではなく、それは完全に淫具、アダルトグッズとして再設計されたもので、振動だけでなく先端のヘッド部が小さくスイングするシロモノだ。

「お、お、おほぉぉぉぁぁッッ！」

微弱だが甘い乳首の刺激から、急転、激しく悪魔的な電マの陰核刺激にダイレクトシフトし、悠奈の官能は、カタパルト発射された戦闘機のように急速に上昇した。

「もうむりッ！　耐えられないッ！　イキますッ！」

「いいぞ、イッちゃえッ！」

支配者の許可を得て、奴隷は悦楽の極みに達して、甲高い嬌声と共に激しい絶頂に達した。

「すごいイキ方をしたねぇ」

電マを片づけた相沢がそう声をかけると、悠奈はヌルテカローションボディをくねらせて、恥ずかしそうに首を振った。

「だってぇ、それ、反則ですよぅ……」

まだ絶頂の熱が冷めていないのか、声がかなり甘ったるい。悪戯心を起こした相沢が、いまだ大股開きになっている悠奈の股間に手を伸ばし、極薄ハイレグの股布を指で引っかけ横にずらした。

途端に、それまで防水素材の生地で堰《せ》き止められていた愛液が、どろりと淫裂から多量に零れ落ちた。

「ほほぅ、素晴らしい愛液の量だな。今挿入したらとても気持ちよさそうだ」

「あ、あのぅ、挿れるなら、水着脱ぎましょうか？」

半分期待を込めた悠奈のセリフだが、相沢は残念そうに首を振った。

「今日はせっかくの水着を最大限生かすプランなんだ。けど、ここは寂しそうだから、これを入れてあげよう」

「え……きゃあん！」

不意に、悠奈の秘裂に指二本くらいの長さと太さのコードレスローターが、にゅるんと挿入された。それは挿入前からすでに振動しており、悠奈の膣奥で妖しい刺激を生んだ。

相沢が引っ張っていた股布を戻すと、伸縮性が極めて高いそれは、再びぴったりと悠奈の股間を覆い、ローターの排出を物理的に封じてしまった。

「相沢さぁん……こんなんじゃ、切ないですよぅ……」

ローターの振動刺激は確かに悠奈に快楽を与えたが、それはゆるやかなもので、興奮により肉棒を欲《ほっ》した彼女には物足りない。

「大丈夫、ちゃんとち×ぽも挿れてあげるよ」

「え、どこに……？　お口？　それとも、もしかして……」

悠奈の意識が、ついこのあいだ責められた排泄孔、肛門へと向く。

確かに指を挿入されたアナル愛撫は妖しい快楽をもたらしたが、肉棒の挿入は話が別だ。いつかはアナル処女も捧げなければならない、という漠然とした思いはあるが、まだその覚悟はできていないのだ。

「ああ、安心して、アナルセックスは無理強《じ》いしないよ」

悠奈の心境を敏感に察したのか、相沢が優しい口調で言った。

「それじゃ、やっぱりお口ですか？」

「えっへっへ、それがフェラじゃないんだなぁ」

子供のようなおどけた口調で言うと、相沢は浴室のシャワーを手に取り、やや高温に設定した熱水をノズルから出した。自分の手にそれを当て、熱いが火傷《やけど》はしない程度の温度であることを確認し、今度は熱水を悠奈の巨乳に当てはじめた。

「どう、熱くない？」

「水着を着てますから、全然熱くないです、けど……？」

相沢の行動が理解できず、悠奈が、こきゅ、と小首を傾《かし》げる。すると、十秒ほど経たあと、相沢が「お、溶けてきた！」と予想外の言葉を漏らした。

「え……あッ、水着が溶けてます！」

悠奈の眼下、豊かにせり出した双峰の中心、乳首と乳首を結んだ線のちょうど真ん中あたりの水着の布がなんと溶け落ち、まるで最初からそんなデザインであったかのように、直径三センチほどの丸い穴ができ上がった。

「上手くいったじゃないか！　パイズリ・ホールの完成だ！」

かなり上機嫌に相沢がはしゃぐ。実は件の穴部分は熱に弱い特殊素材でできており、一般的な温水では何ともないが、温度を上げた熱水には溶けてしまうのだ。

そして、双巨乳の中央に空いた穴は、まさしく、「ズリ穴」と呼ぶにふさわしい淫靡な造形をしていた。

「あ～～なるほどぉ……」

相沢がやりたい事を完全に理解し、悠奈が得心した声を出した。そして、

「……ちょっとワクワクします！」

と珍しく興奮した声を出した。

「ふふふ、悠奈ちゃんもわかってきたね。さて、ローションを追加して、と……」

相沢が大量のローションをパイズリ・ホールにぶち込む。極薄生地に寄せられた巨乳間にローションが侵入し、その内部をぬるぬるにした。

「あの、私、おっぱいは持たなくていいんですか？」

「おっぱいは俺が左右から挟んで寄せるよ。よしよし、いい感じだ」

悠奈の座ったスケベ椅子は高さがちょうどよく、まるで誂《あつら》えたように巨乳の中心に、立った相沢の肉棒が位置する高さとなった。いや、たぶんこのために椅子も誂えたのだろうな、と悠奈は予想した。

「さあ、始めよう！」

意気揚々な宣言と共に、痛いくらい勃起した相沢の肉棒が、周到に準備されたパイズリ・ホールに挿入された。

「お、おぉぉぉ……こ、これは……ッ！」

挿入した瞬間、相沢の口から感極まった声があがった。本気で感動しているのか、いつものニヤケ顔ではなく、真剣な真顔である。

「何という新感覚ッ！　滑らかで強烈な乳圧が、前後左右から、ち×ぽを包んでやがるッ！」

「わ、わぁ、すごい！　ありがとうございます！」

あまりに真剣な相沢の評に、思わずお礼を言ってしまう。

そもそも、一般的なパイズリは、寄せられた乳間に並行して肉棒を置き、主に女性側が動いて上下にしごくものだ。

しかし、今回のこれは、強烈に寄せられた巨乳間に垂直に肉棒を挿入し、まさしくズリ穴として肉棒を動かすものである。それは規格外に大きな悠奈の巨乳でこそ可能な縦パイズリであった。

「う、動いていいかい、悠奈ちゃん？」

「ど、どうぞ！」

あまりに新鮮すぎる体験に、思わず許可を取ってしまった相沢が、最初は慎重に、やがてダイナミックに腰を振りはじめた。

「うおぉぉぉッ！　なんだこれ、なんだこれッ？」

ふだんは余裕たっぷりで悠奈をリードする相沢だが、この日ばかりは違った。まるで童貞を切ったばかりのスクールボーイのように、がむしゃらに腰を振りつづける。

「悠奈ちゃん！　キミは本当に最高の女性だ！　このおっぱいは、この世に存在するすべてのおっぱいの中で、一番素晴らしいおっぱいだ！」

「嬉しいです、相沢さん！」

人生の中でコンプレックスの素でしかなかった身体に不釣り合いな巨乳を褒められ、悠奈は心の底からの喜びを感じた。

「もっと、もっと気持ちよくなってください！」

「ああ！」

言葉少なく答えた相沢が動きを速める。ずちゅ、ずちゅと熱い塊《かたまり》が巨乳の間を行き来する感覚がなんだか嬉しい。

不意に、所在なさげに垂らされていた悠奈の両手が持ち上がり、巨乳を横から挟む相沢の手に、そっと重ねられた。

「うん?」

「続けてください、相沢さん」

悠奈の声は、熱っぽく、しかし、優しく包容力のあるものだった。手に重ねられた性奴隷の小さな手は、不思議なことに男の劣情をさらに惹起させ、支配者は己の射精が近いことを感じた。

「うッ、悠奈ちゃん、そろそろ出すぞッ!」

「はい! 悠奈のおっぱいに、相沢さんのザーメン飲ませてください!」

悠奈の性奴隷口上に満足した相沢は、パイズリ・ホールに深く肉棒を突き刺すと、その最奥で欲望を解放した。

熱い奔流は乳間の狭い空間をあっという間に満たし、その勢いは肌に当たっても止まらず、わずかな隙間を通って、むちむち巨乳の谷間から、ぷしゅと間欠泉のように噴き出した。

「わぁ……」

目の前に上がった精液噴水は、悠奈の顔に点々と付着し、口の端に流れたそれを、悠奈は蠱惑的な表情で、ぺろりと舐め回した。

第四章　痛いのが気持ちいいみたいです

「そう、その銘柄に買い注文出しといて。そっちの銘柄は上値が残ってるからまだ注視。あー、これ逆張っといたほうがよかったかなぁ。これは売り売り、悠奈ちゃん売っちゃって」

いつもは相沢が座る六枚モニタの多機能デスク。今はそこには悠奈が座り、隣に立つ相沢の指示を受けながらＰＣを操作していた。

この数カ月、経理二課の頼まれ仕事を――相沢にさまざまなエロいちょっかいをかけられながら――淡々とこなしてきた悠奈だが、その仕事ぶりを間近で見た相沢が悠奈の事務能力をベタ褒めし、そうして「俺の仕事も手伝ってよ」と、相沢が不定期に行なう株取引のサポートをすることになったのだ。今は実際の株取引の操作をやりながらのＯＪＴの真っ最中である。使用しているのは、以前に相沢がカミングアウトしたココノエ・アーキテクトで、経理畑であった悠奈は、その株取引ツールを使うのは初めてであった。

「株取引の流れ、だいたいわかった？」

「はい。さすが相沢さんが作ったココノエ・アーキテクトです。すごく見やすいし使いやすいです」

「でしょ？　今、悠奈ちゃんが使ってるのは、俺専用の高級モデルだから、会社で使っている機能を制限した廉価モデルよりもずっと使いやすいはずだよ」

「え、会社じゃ使ってないんですか？」

悠奈が不思議に思って言う。これだけ便利なツールだから、てっきり会社でも使っていると思ったからだ。

「九重のおっちゃんは『はやく全社員に使わせろ！』ってうるさいけど、しばらくは俺専用だね。俺にとっては伝家の宝刀みたいなもんだし」

「あのぅ、そんな大事なモノ、私が使ってもいいんですか？」

「悠奈ちゃんは俺の優秀で特別な性奴隷だからね」

「あ、ありがとうございます……」

性奴隷という言葉にはもにょもにょするが、優秀で特別と褒められて、悠奈が恥ずかしそうに視線を泳がす。

「それじゃ、どんどん続けよう。俺が指示する売り買いをやってくれたらいいから」

「は、はい。頑張ります！」

相沢の見立てどおり、悠奈のオペレーションは丁寧であった。元々慎重な性格だからか、操作の確認に余念がないし、メモもしっかり取る。そうして、悠奈は相沢が指示する操作を一つひとつ確認しながらしっかりと実行していった。

ところが、やはり慣れないオペレーションのせいか、あるいは、相沢に褒められたことでわずかな慢心があったのか、悠奈は不意にとあるミスをしてしまった。

「あ、悠奈ちゃん、その売り注文、間違いだよ」

「えっ？　ど、どれですか？」

「これ、ミクリヤ・ファクトリーってやつ。俺が指示したのは買い注文。売り注文じゃないよ」

「嘘……」

悠奈の身体が一瞬で、ぴきんと固まる。

「しょ、承認ボタン、押しちゃいました……」

「まぁ、しょうがない。損失被るけど、すぐに買い戻せば被害は少ないから」

「す、すみませんでした！」

悠奈が、がばっと相沢に頭を下げる。その大げさな謝罪に、相沢は苦笑いを浮かべながら言った。

「いやいや、まれによくあることだから。俺も指示が曖昧だったし」

「でも、でも……」

「怒ってないから、安心しな」

実際、コミュニケーションエラーによる売り買いの齟齬《そご》はよくあるインシデントだ。さらに、今回のミスの損失は相沢の資産からすると極々微々たるもので、そのため、相沢は特に問題と感じてはいないのだが、ミスをした悠奈はかなりしょげてしまっている。

（あちゃ、これは俺のミスだなー。内罰的だとはわかっていたはずなのにな……）

悠奈を労務三課に異動させるにあたって、相沢は悠奈の人事考課を熟読したが、そこには「優秀であるが内向的・内罰的で臆病。小さなミスでも落ち込みが激しい」と書いてあった。また、そうした気質がマゾっ気に繋がっているとも考えているが、とりあえずは、今は悠奈の精神的なフォローが必要だと考えた。

（さてさて、どうやって慰めてあげようかな……）

とりあえず、もさもさロングヘアの上から、頭をよしよしと撫でてやるが、かえってそれが何かのスイッチを押したのか、じんわりと悠奈の目じりから涙が漏れはじめてしまった。

（おおう……ボディタッチは不正解だったか……う～ん、悠奈ちゃんは内罰的で自信が足りない女の子。この前まで処女だったくせに身体の感度は抜群。エロい刺激も好きだけど、アブノーマルな刺激にも反応する……ふむ、となると、これは利用できるな……）

高速思考し一つの結論を下すと、相沢はやおら悠奈の身体を抱きしめて、「悠奈ちゃん……」と、やけに真面目腐った声をかけた。

「はい……」

「残念だけど、ミスはミスだ……俺は悠奈ちゃんにお仕置きをしなければならない」

「ひ……お仕置きですか……」

「そうだよ。本当はこんなことしたくないけど、ミスにはお仕置きだ」

「お仕置きを受けたら……許してくれるんですか……？」

「ああ、もちろん。お仕置きをうけたら、許してあげるよ」

内罰的な人間には罰を与えてやればいい、と相沢は考えた。それは、行きすぎると強い依存や成長の阻害に繋《つな》がるものではあるが、悠奈に限っては、そして、自分がやろうとしている「お仕置き」については大丈夫だろうと思った。

「さぁ、五番ボックスの衣装に着替えておいで」

「わかりました……」

相沢がハグを解くと、悠奈は、とぼとぼと寝室に消えていった。そしてきっかり十分後。再び相沢の前に現れた悠奈の衣装は、ひどく場違いなものだった。

「相沢さん、着替えましたけど、これって……」

悠奈が着ているのは、いわゆる「スモック」と呼ばれるゆったりとした上着で、先が窄まった手首までの袖、幅広で太腿の真ん中まで垂れたスカートのような裾、丸首の襟にはスモッキングと呼ばれる特徴的な伸縮する刺繍、全体はピンクを基調としてところどころに黄色のワンポイント、胸元にはチューリップをイメージした名札のアップリケがあり、それにはご丁寧に太いマジックの丸文字で「ゆうな」と書かれている。

つまりは、園児のコスプレであった。

「おお！　悠奈ちゃん、園児服似合うじゃん！」

「や、やっぱり園児服だったんですか？　こ、こんなの着せるだなんて……」

正面から見れば、低身長で童顔の悠奈には園児服が異様によく似合う。が、しかし、横から見ると巨乳と巨尻が、どん、どどんと極めてダイナミックな凸凹《とつとつ》を作っていて、その点では異様に似合っていなかった。

これまで着てきたさまざまなエロ衣装と比べると圧倒的に露出は低いが、変態性と犯罪臭はナンバーワンである。

「メイド服とか、バニーガールとか、えっちな恰好《かっこう》だからわかりますけど、これって、お仕置きに必要なんですか？」

園児服は、悠奈の低身長コンプレックスをいたく刺激しているらしく、切実な表情で相沢に訴えかけるが、肝心の相沢は「わかってないなぁ」とやけに真剣な声で応えた。

「その園児服が大事なんだよ。いや、その衣装でないと俺の怒りが収まらないままである」

「あのぅ、私、騙されてますよね？」

悠奈の哀願には返事をせず、相沢はソファに座って、くいくいと無言で悠奈に手招きをした。悠奈は気分的に重い脚をなんとか動かして傍に寄ると、相沢は悠奈の身体を促《うなが》して自分の太腿の上に腹這いにさせた。

「お仕置きの定番といったら、やっぱり、お尻ぺんぺんだな」

「うぅ、痛いのはいやです……」

悠奈のその言葉に、相沢が一瞬、

（いや、セックスの最中にケツを叩くと啼いて悦ぶじゃん、お前……）

と口からツッコミが出かかったが、こういうセリフを無自覚に吐くのが悠奈である。そして、そんな悠奈を相沢は気に入っているのだ。

お仕置きプレイに集中するために相沢がスモックの裾を、ぺらりと剝《は》ぐ。現れた悠奈の臀部は珍しく下着に覆われていた。

「おお、やっぱり園児服にはくまさんパンティだよなぁ……」

「は、恥ずかしくて死にそうです……」

悠奈が履いたパンティは、デフォルメされたクマの顔が大きくプリントされたものだった。コスプレ用フリーサイズだったスモックと違い、くまさんパンティはそれこそ幼児用のものがチョイスされており、それをむちむちが爆発している臀部に無理やり穿いているので、クマの顔は左右に大きく伸び、パンティの綿生地は今にも破れそうである。

「さて、最初はくまさんパンティの上からいこうか」

そう言うと、相沢はわざとらしく手を振りかぶり、くまの顔めがけて手を振り下ろした。パフという軽い音が立ち、悠奈の口から小さく「ひん！」という悲鳴があがった。

「ま、痛くないよね、パンティの上からだし」

「そ、そうですけど……逆になんか怖いです……」

相沢の言うとおり、痛みというか衝撃はほとんどない。しかし、それだけに、これからエスカレートするであろう打擲《ちょうちゃく》の予感に、悠奈の心は大きく揺れ動いた。

「ふむ、ふむ……まぁこんな感じか」

数回、くまさんパンティの上から平手で叩き、角度や速さを確認すると、やおら相沢はくまさんパンティを悠奈の大腿まで引き下げた。丸く白く巨大な悠奈の臀部が、ぷりんと露出され、瞬間、悠奈の身体が小さく固まった。

「さて、お仕置き本番だ。悠奈ちゃん、叩かれたら回数を数えて、十回ごとに『ありがとうございます』って言うんだよ」

「は、はい……あの、優しく叩いてください……」

「……………」

悠奈のその哀願には何も答えず、相沢は平手を小さく振りかぶると、すばやく鋭く振り抜いた。

ぱしぃぃん！　という乾いた音が部屋に響き、叩かれた悠奈の丸く大きな尻肉が、プリンのように、ぷるんぷるんと激しく揺れ、さらに少し遅れて悠奈の全身が、びくびくっと痙攣する。その、たった一発の平手で、悠奈の巨尻には朱い紅葉が刻まれてしまった。

「いたぁぁぃいッッ！　あ、相沢さぁん！　痛すぎですッ！」

「数えないとカウント外になっちゃうぞ」

「ひぃん……い、いっかぁい……」

悠奈が悲しそうな声で数えた瞬間、次発の平手が悠奈の巨尻を打擲した。

「きゃん！　に、にがぃぃッ！」

悠奈の声があっという間に涙声となる。しかし、そんな悠奈の声にむしろ相沢は喜色を増しながら、悠奈の声に合わせて、三発、四発と打擲を続けた。

「ひぃ、ひぃ、ひぃぃッ！　さんかぃぃッ！　よんかぃッ！　ごかぃぃッ!!」

ぱしぃぃん！　ぱしぃぃん！　と小気味のいい音が続けて響き、あっという間に節目の十回目が悠奈の巨尻に打擲された。

「あぁッ！　じゅっかぃぃッ！　うあぁぁぁん！　ひどいよぉぉ！」

「あれれー、十回目はなんて言うんだったけ？　また一回目からやり直しかなぁ？」

「ひぃぃッ！　あ、ありがとうございますッ、ありがとうございますぅッ!!」

必死に悠奈が感謝の言葉を連呼する。その言葉に相沢は満足そうに頷くと、不意に悠奈の秘所の中の、度重《たび》なる荒淫のせいで、ぷっくり、とその大きさを倍増させている悠奈の陰核に、振動するミニローターをぴたりと当てた。敏感な性突起に突然の快楽刺激が加わり、悠奈の背筋が、ぞくぞくと震える。

「ふぇッ？　な、なんでッ？」

「ちゃんと『ありがとうございます』って言えたご褒美だよ。インターバルにはこうやって悠奈ちゃんの気持ちいいところを弄《いじ》ってあげよう」

「い、インターバルぅ？」

それはつまり、このお仕置きがまだ続くことを意味しており、悠奈は突然訪れた快楽も手伝い、気持ちの余裕がどんどんなくなっていくのを感じた。

「お、すぐにクリトリスが勃起したな。相変わらず悠奈ちゃんのカラダはエッチだね」

「それは……相沢さんがそんなふうに私を調教したから……」

「……ほう、続けなさい」

「だって……毎日まいにち、悠奈のカラダをオモチャやおち×ぽでいじめ抜いて……悠奈のカラダ、気持ちいいことを仕込まれて覚えちゃったんです……」

悠奈がナチュラルに淫語を吐くときには一人称が「悠奈」になる。

「ふぅん、気持ちいいことを覚えた悠奈ちゃんは、どうなったんだい？」

「悠奈は……気持ちいい事を覚えた悠奈は……本当の性奴隷になっちゃいました……相沢さんにイタズラされると、すぐに乳首は尖るし、クリちゃんは大きくなるし……あ、あそこが濡れちゃうんです……」

「じゃあ、こんなことされると大変だな」

相沢はミニローターを掴《つか》み直すと、陰核から離し、すでに濡れはじめている悠奈の膣穴に、つぷり、とミニローターを潜り込ませた。

「ひぁんッ！　おま×この中だめぇッ！」

「さあ、二周目開始だ！　回数とお礼の言葉を忘れるなよ！」

「ひぃ……ッ！」

悲鳴をあげた悠奈が身構えるのと同時に、再び小気味いい打擲音がリズムよく部屋に響きはじめた。

「じゅ、じゅっかぁい……！　あ、あり、ありがとうございましたぁ！　うわぁぁぁん！」

　完璧な涙声で悠奈が叫ぶ。それも当然だ。あの後も相沢は何かと理由をつけて打擲をやめず、その回数は合計で五十回にも達していた。その間、悠奈を苛むローターの数も増えつづけ、今は膣穴に三個、そして肛門に一個挿入されている。

「ひっく、ひっく、うぅ、ひぃぃ……」

　五十回も男の平手を張られた園児服姿のむちむち巨尻は、見事なまでに真っ赤に染まり、痛々しいほどに腫れ上がっている。

「よく耐えたね、偉いよ、悠奈ちゃん。でも、おかしいな、最初に比べてどんどんエッチなおつゆの量が増えているね？」

　ローターが挿入されている膣穴を、相沢が二本指で、ぢゅぷぢゅぷとやや強引に掻き回すと、膣内から大量の愛液が飛び散った。

「これはローターの刺激だけじゃ説明がつかないな。悠奈ちゃん、お尻ぶたれて感じたんじゃない？」

「そんなぁ、そんなことないです。悠奈、お尻ぶたれて、感じてなんかいません……」

反射的にそう言うが、内心、悠奈はこんな状況でも快楽を得ている自分の肉体にひどく戸惑っていた。むちむち巨尻への打擲は、痛いことは痛いが、叩かれているうちに、ローターの振動快楽と混ざり、なにが痛みでなにが快楽かわからなくなっていたのだ。

「おやおや、素直じゃないな。素直じゃない娘には、もっとお仕置きが必要なのかもしれない」

「ひぃッ！　もうお尻ぺんぺん嫌ですッ！　許してください！」

相沢の膝の上で悠奈が、じたばた、と手足をバタつかせて抵抗する。それは園児服も相まって非常に愛らしい仕草だが、それは見せかけの抵抗だった。悠奈自身にも自覚はないが、本当に身の危険を感じるのならば、強引に相沢から離れればいいのだ。そうしないのは、本能的に彼女がこのSMプレイを受け容れている証拠でもあった。

「そっか、お尻ぺんぺんはもう嫌かい？」

「嫌です……お尻ジンジンしてもう耐えられません……」

「ふむ。それなら、まずは五十回耐えたご褒美をあげよう」

相沢はそう言うと、どこからともなく——以前見たことのあるような——ガラス瓶を取り出すと、その内容物を手のひらに大量に取った。

「あ、それ……ひょっとして最初の日に使ってくれた……」

「そうそう。あれはエイジングクリームだったけど、これは同じブランドのクール系ローションね」

「……やっぱりお高いんですか？」

「こっちは三十万くらいだったと思うけど……さ、お尻に塗るよ」

相沢の宣言と共に、赤く腫れあがった悠奈のむちむち巨尻に、無色透明のローションが、ぺたぺたと塗られる。言葉どおりそれはクール系ローションのようで、まるで冷感シップを貼られたときのようなヒンヤリとした感覚が悠奈を貫き、悠奈は思わず、「ひぃゃぁぁッ！」と可愛い悲鳴をあげた。

「冷たい……あ、でも、ヒリヒリ火照ったお尻に塗られるのは気持ちいいかも……」

「そりゃ、よかった」

片手で優しく臀部にローションを塗りながら、しかし、相沢のもう一方の手は密かに悠奈の巨乳、今は姿勢的に重量によって下方に重く垂れさがったそれの頂点に移動させ、不意に悠奈の乳首を指でしっかり摑むと、わりと容赦なくぐりっと抓《つね》った。

「いぎゃぁぁぁッッ！」

突然の激痛に悠奈の口から魂《たまげ》消るような悲鳴があがり、そのむちむちの肢体が、びくんと跳ねる。しかし、その瞬間に、悠奈の股間から愛液の飛沫が飛んだのを相沢は見逃さなかった。

「また、おま×こから潮を吹いたぞ。いい加減認めなさい、悠奈ちゃんは痛みでも感じちゃう変態な女の子なんだよ」

「そんなッ！　そんなことッ！　あぁ、痛い、痛いッ！　乳首取れちゃうッ！　許して相沢さぁん！」

「気持ちいいって認めれば許してあげるよ。ほら、おま×こはこんなに濡れているんだから」

ローションを塗った手で、再び膣穴を、じゅぼじゅぼ、と弄る。苛烈な疼痛と甘い快楽とがより強く脳内に炸裂し、悠奈は相沢の言葉を信じはじめてしまった。

「嘘ぉ、痛いのも気持ちよくなっちゃうの？　悠奈、そんな、変態女なのぉ……？」

もちろん、これは相沢が仕掛けた刷り込みでしかない。痛み刺激を直接快楽に変換できる人間など極々稀《まれ》な存在だ。しかし、ほどよい痛み刺激が官能を助長させることを相沢はよく理解しているし、悠奈のような内罰的な人間が痛みに陶酔しやすいことも承知していた。

「いいんだよ。君はお仕置きでも感じちゃうエッチな女の子だ」

「でも、でもぉ……」

なおも口ごもる悠奈に、相沢は内心「これはあともう一押し要るな」と冷静に分析した。そして、さらなるアイテムを取り出すと、わざと見せつけるように、悠奈の目の前にそれを差し出した。

「ひぃッ！」

それを見た瞬間、悠奈の口から鋭い悲鳴が迸る。そのアイテムは、ＳＭプレイの定番、赤い低温ロウソクだったのだ。

「嫌ッ！　嫌ですッ！　それは嫌ですッ！」

珍しく悠奈が激しく拒否反応を起こす。それも当然で、人間は本能的に熱、特に火に関して過敏な拒否反応を起こす。それは現代医療をもってしても克服できない、「火傷」という不可逆の外傷を負う可能性があるからだ。

「こらこら、暴れたら手元が狂って、本当に肌を焼いちゃうかもしれないよ？」

暴れる悠奈だが、しかし、相沢のその一言で、ピタリ、とその動きを止めてしまった。その隙に相沢は低温ロウソクにすばやく火をつけると、用意しておいた水の置き場所、化膿止め軟膏の場所をしっかりと目視確認してから、さらに先ほど臀部に塗ったローションを再び悠奈の赤く腫れた巨尻に大量に塗りたくった。

「さあ、そろそろ蠟《ろう》が融けそうだ。悠奈ちゃん、覚悟はいいかい？」

「嫌ぁ、嫌ぁ……怖いぃ……」

熱傷の恐怖に悠奈の身体が、がくがくと震える。園児服を着た低身長の女性が恐怖に打ち震える様は、背徳的な加虐性を大いに刺激する。ともすれば暴力的になりそうな情動をしっかり抑え、相沢はゆっくりとロウソクの傾きを増やしていった。そして、とうとう、ロウソクの蠟が十分に融け、その赤い雫《しずく》が一つ、ぽたりと悠奈の巨尻に落着した。

「ひぎゃぁぁぁッ‼」

瞬間、絹を裂くような悲鳴が悠奈の口から迸《ほとばし》り、腹這い姿勢の身体が、びくんと弓なりに反った。まさしく火傷したような強烈な衝撃がむちむち巨尻に走る。

「熱いッ、熱いよぅ！　相沢さんやめてぇ！」

完全に涙声になった悠奈の悲鳴に、しかし、相沢はまったく心を動かさず、無言で次の熱雫を悠奈の巨尻に降らせた。ぽたぽたと立て続けに蠟が落下し、そのたびに巨尻が、ぶるぶると揺れる。

「嫌ぁぁッ！　お尻が焼けちゃうッ！」

狂乱する悠奈だが、相沢はあくまで淡々とその巨尻に熱蠟の雨を降らせつづけた。

その視線はかなり真剣で、凄まじく集中しているように見える。

熱蠟の雨は、それから数分間間断なく続いた。精魂尽きた悠奈は、もはや悲鳴すら上げることもできず、ただひたすら涙を流しながら熱の凌辱に耐えつづけた。そして、むちむちの巨尻すべてが赤い蠟でコーティングされると、プレイは終わりとばかりに、相沢はロウソクの火を吹き消して床に置いた。

そして、相沢は無言で悠奈の膣に指をゆっくりと挿入した。そこはローターが振動し刺激を与えつづけたとはいえ、今も熱く濡れぼそっている。ゆっくりと膣内を掻き回したあとに引き抜くと、指には湯気がたちそうなほど熱く、大量の愛液がまとわりついていた。

相沢はその指を悠奈の目の前に差し出し、ぬちゃぬちゃとわざと音が立つように指を動かして見せた。

「ほら、見てごらん。あんなに熱くてつらい思いをしたのに、悠奈ちゃんのおま×こは興奮して濡れたままだよ。悠奈ちゃんは、やっぱり痛いことで感じちゃうマゾなんだ」

「そんなの、そんなの嘘……」

悠奈が反論するが、その言葉は弱々しい。それは、目の前に差し出された悦楽の証《あかし》もさることながら、ロウソクによる熱凌辱の最中に起きた、自身の変化も影響していた。

（始めは熱かったのに、途中から、なんだか、普通にがまんできちゃった……？）

熱蠟の刺激は、最初の数滴は飛び上がらんばかりの衝撃を悠奈に与えたが、途中からは、かろうじて耐えられるようになったのだ。

それもそのはずで、プレイ用に作られた低温ロウソクは、蠟の融点が極めて低く設定されており、医療現場で温熱療法として血流改善の治療に使われる代物なのだ。しかも、事前にローションで肌を保護し、蠟を垂らす高さも相沢が慎重に調整していたため、熱蠟による肌へのダメージはゼロと言っていい。

しかし、そんなことは知らない悠奈は、次第に相沢の言葉を信じはじめてしまう。

「相沢さん……ロウソク、途中から、我慢できるようになったんです……」

「なるほど」

「私のおま×こ、濡れてます……」

「そうだね」

プレイの成功を確信し、相沢の口元が、ホッと綻んだ。いくら低温ロウソクで事前準備をきちんとしていたとはいえ、やはり火を使うプレイは彼も緊張したのだ。

「……悠奈、痛いので感じちゃう、変態マゾ女なんですか？」

「ああ、そうみたいだね」

「そんな、そんなぁ……」

悲しく涙する悠奈の頭を、相沢は優しく撫でながら、そして、最後通告のような一言を放った。

「間違いない。悠奈ちゃんは、お尻をぶたれても、乳首を抓られても、おまけに、熱蠟責めをされても感じちゃう変態な女の子だ。でも、それがいいんじゃないか、それでいいんだよ。ほら、言ってごらん、『私は痛いのが気持ちいい女の子です』って」

「言えば……認めれば、許してくれるんですか？」

「もちろん、さっきのミスもぜーんぶ許してあげる」

「あぁ……」

悠奈が絶望的な、しかし、艶めかしい吐息を吐《つ》く。会話の最中も続けられた痛みと快楽は、もはや悠奈の閾値《いき》を超える刺激となっている。

「悠奈は……悠奈はぁ……痛いのが気持ちいい、エッチで、変態で……」

数瞬、言葉を区切る。

「……相沢さんにお仕置きされると、感じちゃう、気持ちよくなっちゃう、相沢さんのエッチな性奴隷です……」

「……よく言えたね。それじゃ、最後のお仕置きとご褒美だ」

最後の最後で不意打ち気味に言われた悠奈のセリフに一瞬我を失いそうになりながら、相沢は用意しておいた板状鞭《パドル》を手に取り、大きな園児の、赤蠟でコーティングされたむちむち巨尻に狙いを定めて振りかぶった。

「さあ、イッていいぞッ!」

ひゅッ、という鋭い音と共にパドルが振り下ろされ、ぱぁぁぁんッ!! と平手とは比較にならないほどの高い音を響かせて悠奈のむちむち巨尻を打擲した。瞬間、赤蠟が衝撃で破裂し、挿入されたローターのコードが犬のしっぽのように激しく揺れた。

「ひぃぃぃぎぃぃぃゃぁぁぁぁぁんぅぅッッ!」

フロア全体に響き渡るほどの悲鳴をあげ、そして股間からは放尿のように愛液の飛沫を飛ばし、悠奈は初めての被虐絶頂に達した。

第五章　恥ずかしいのも気持ちいいみたいです

綺麗に清掃されたリノリウムの廊下を、もさもさロングヘアのミニマム女性社員が、とてとてと姿勢よく歩いていく。服装は他の女性社員と同じく、ブラウスにカーディガン、膝丈のタイトスカートと変わりないが、身長と童顔のせいでインターンシップに来た大学生のような印象を受ける。そんな特異な外見の彼女は、顔見知りの同僚社員が廊下ですれ違うたびに立ち止まり、丁寧に腰を折って挨拶をする。

特に何もおかしいところはない、どこの会社でもある日常の風景である。しかし、彼女に挨拶された社員は、特に男性社員は、何か奇妙な違和感を覚え、中にはドギマギと戸惑う者も少なからずいた。

「……なんか変じゃなかったか？」

社員は大なり小なりそんな感想を抱いたが、みんな煩雑な業務に追われて、その奇妙な違和感は次第に頭から消えていった。

颯爽《さっそう》と調子よく歩いていた女性社員だったが、不意に立ち止まると、そっと壁に寄りかかって、「はぁぁ……」と熱を帯びた溜め息を吐いた。

「バレてないよね……？」

周囲を注意深く見回して人気《ひとけ》がないことを確認し、そっと自分のむちむちした内腿を指でなぞる。指の先には、ねっとりとした体液が纏《まと》わりつき、照明の光を受けて鈍色に光った。

「こんなに濡れてるなんて……んぁ……」

熱っぽい吐息が女性社員の口から漏れる。ただ歩いているだけの彼女が太腿まで愛液で濡らしているのは、その体奥、膣穴と肛門とに挿入された二つのコードレスローターが絶えず振動し、彼女に甘い快楽を与えつづけているからだ。しかも、今の彼女はいつものようにノーパンである。

社員たちが覚えた違和感とは、すなわち色気と性臭だ。彼女はどんなに澄ましていても零れ出る淫猥な表情と、フェロモンにも似た発情臭を無意識のうちに日常のオフィスに振りまいていたのだ。

「相沢さん、ちゃんと見てくれてるのかなぁ……」

社内のそこかしこに設置された監視カメラにさりげなく視線を送る。この複合オフィスビルの主《あるじ》である相沢は、監視カメラを盗み見る権限すら持っているらしく、ビル内を歩き回る悠奈を監視してくれているはずだった。

「あとは、どこに行かなきゃだめなんだっけ……」

この行為は、ノーパンダブルローターで日常のオフィスを歩くという羞恥プレイなのだが、もちろん、一人でこんな破廉恥な行為をすることを悠奈は猛烈に嫌がった。しかし、最終的にはいつもの調子で押しきられてしまい、また、当然のようにこの羞恥プレイで快楽を得ている自分を省みて、半ば絶望し、半ば諦観《ていかん》した気持ちになる。

「……私、変態だぁ」

ぽつりと自虐のつもりで呟《つぶや》いた一言は、しかし、むしろ羞恥で性感を得る自分を誇示するかのような言葉となり、その証拠に、悠奈の口元には自信家めいた不思議な笑みが浮かんでいた。

これまでの人生、特に他者と比べて秀《ひい》でた部分など自分にはないと思っていた。しかし、それが変態的な性感受性であっても、相沢が褒めてくれるのならば、その変態性は確かな自信となって悠奈に刻まれつつあった。

その自信は姿勢にも表れており、今までの悠奈は歩くときも陰気な猫背姿勢で、振りまく陰キャオーラのせいで、近寄りがたい雰囲気を周囲に与えていた。しかし、今は――ひょっとしたら、相沢とのエロいストレッチの効果もあるかもしれない――むちむちの巨乳が張るほど姿勢を正し、悠然とオフィスを歩いている。すれ違う同僚が、気さくに挨拶を返してくれたのも、悠奈の雰囲気が数カ月前とは異なり親しみやすいものだったからだ。

「相沢さん、頑張るから見ててね」

監視カメラに淫らに笑いかけ、相沢にだけわかるように、愛液で濡れた指をぺろりと小さく舐める。そうして悠奈は姿勢を直すと、膣内と直腸のローターを括約筋で締め、羞恥プレイの散歩を再開した。

そうして、ある程度の散歩を終え、悠奈はようやく見慣れた専用エレベータの近くまで戻ってきた。

「……そういえば、ここにも寄れって言われてたんだっけ」

専用エレベータの近くには、初日に目印にした中庭がある。五十坪ほどあるそのスペースには、数人の社員が休憩しているのが見えた。ちなみに、プライバシー保護の観点から中庭には監視カメラは存在しないから、ここは相沢には見えないはずである。

「うん、最後にちょっと休んでいこうかな」

そう言うと、悠奈は一カ所しかない出入り用のガラス戸を押して開き、中庭へと入った。そこは採光も兼ねたガラス張りの緑化スペースで、中には大小さまざまな樹木が植えられ、至るところにベンチが置かれている。また、四方を囲むガラス窓はまれに社内イベントのプロジェクションマッピングに使われたりもしている。

「ベンチ空いてないなぁ……」

きょろきょろと見回すが、なかなか座れるベンチが見当たらない。そしてようやく二人がけベンチの一方が空いているのを見つけると、相席が誰かも確認せずに、悠奈は「お邪魔します……」と声をかけて腰を降ろした。

「ああ、どうぞ」

先にベンチに座っていたのは、若い社員が多い本社ビルにしては珍しい七十過ぎの初老の男性だった。ごま塩頭に厳めしい顔、ややくたびれた高級背広が、〝ザ・昭和〟のサラリーマンといった印象を悠奈に抱かせた。

ほんの数分の邂逅《かいこう》、と、悠奈はそう思っていたのだが、初老の男性はチラリと悠奈の顔を興味なさそうに確認し、しかし、次の瞬間には、「んんっ？」と妙な声をあげて厳めしい顔を再度悠奈に向けた。

「え、あ、どうも……」

羞恥プレイがバレたのか？　と悠奈の鼓動がにわかに高鳴る。が、しかし、正面から見ることで、悠奈のほうも妙な既視感、もしくは顔見知り感がこの初老の男性にあることに気づいた。

「あ、あのう……私の顔に何か……？」

「ひょっとして、芦田悠奈さん？」

「えっ？　あ、はい！　そうです、けど……」

悠奈はそのむちむち巨乳の胸元に社員証を下げてはいるが、男性は顔を見ただけで悠奈の名前を言い当てていた。

「そうか、君があの芦田悠奈か」

「ええとぅ……私のことをどうして……？」

「どうしても何も、とんでもないことをやらかしたじゃないか！」

「……えぇッ！」

とんでもないこと、とは、当然のことながら悠奈が犯した横領未遂事件のことであろう。なぜ、この男性は相沢が握り潰したはずのその事件を知っているのか？　そこまで考えて、悠奈はようやくこの男性の正体を思いだすことができた。

「あ、しゃ、社長……？」

「なんだ、今まで気づいてなかったのか？　そうだよ、わしは九重証券の社長、九重玄三《げんぞう》だ」

「あー……そのぅ……ごめんなさい……」

確か、相沢は「役員クラスなら知っているかも」と言っていたし、九重社長はあの部屋のことを知っている数少ない人物のはずだ。横領事件のことも知っていても不思議ではない。

「そ、その節は大変なご迷惑を……」

「ふん、馬鹿なことをしたな。金に困ったのなら、親になり上司になり、素直に相談すればいいんだ。そんな当然のことができんから、あんなアホの言いなりになるしかない」

「あ、アホですか……」

アホとはつまり相沢のことだろう。相沢は事あるごとに九重社長のことを「九重のおっちゃん」と親しげに話すから、その言い様は不思議に思えた。

「あのぅ、相沢さんとは仲悪いんですか？」

「いいわけあるか！　ヤツはわしの会社を乗っ取ったんだぞ！　あげくに、社屋にあんな自分勝手で奇天烈な部屋を造りやがって……！」

思い出すことで怒りがこみ上げてきたのか、九重社長が、手をワキワキと動かす。

「あ、はい……でも、相沢さんは会社を建て直したんじゃ……？」

「そうでもあるが！　その渦中でわしがどれだけヤツの尻ぬぐいをしたことか！」

九重社長が憎々しげに言う。しかし、次の瞬間には「ふぅーー」と長い溜め息を吐くと、手を軽く振って言った。

「いや、君に愚痴ってもしょうがないな。それに、君の言うとおり、あの小僧がウチを建て直したのも事実だ。だが、女癖が悪すぎる……結婚したら落ち着かんかと、わしの姪を嫁にやろうとしたが、それも大失敗に終わってしまった……」

「そ、そうなんですか……？」

それは悠奈にとってかなり興味のある話題である。深堀りしていいか判断に悩んでいると、九重社長は突然、悠奈に小さく頭を下げて言った。

「すまん、あの変態の面倒を押しつけてしまって……さぞやつらい目にあっているだろう……」

「あー、いえ、そのぅ……」

「わしは全社員を家族のように思っている。その家族を、あんな変態の生贄《いけにえ》にせねばならないのは痛恨の極みだ。許してくれ……」

「いえいえいえいえ、そんな、悪いのは私ですから！」

「いや、そうだとしても、あのバカの変態加減はよく知っている。力になれるかはわからんが、耐えきれないと感じたらすぐにわしを頼りなさい。いいね？　名刺を渡しておくから、いつでも連絡しなさい」

「ええとぅ……」

意外と相沢との性生活を楽しんでいるし、今も羞恥プレイの真っ最中だとは口が裂けても言えない。

「ああ、そうだな。一つアドバイスがある。あのバカは発想力と計画力、そして実行力は大したものだ。知識も技術も十分にある。だが、過去の偉人がそうであるように、脇が甘い。常人なら気づく単純な落とし穴に嵌《はま》ってしまうタイプだ。事実、会社を建て直している最中は、わしが根回しに奔走していた。そういう小さな見落としがヤツにはある。つけ込むとしたらそこだ」

「そうなんですか……？　あぁ、でも、そうかも……」

確かに、相沢には意外とずぼらな面があると、この半年間の付き合いで悠奈もそれなりに理解していた。

「弱みの一つや二つ握ったなら連絡してくれ。わしがギャフンと言わせてやる」

九重社長はそう言うと、「よっこいせ」と年寄り臭いかけ声をかけて立ち上がり、「ではな」と短く声をかけて去っていった。

茫然とそれを見送った悠奈は、不意にローターの振動を感じると、慌てたようにベンチから立ち上がった。


そして部屋に帰るなり、悠奈は相沢に乱暴に犯された。

「やん、やん、やんッ！　相沢さん、激しぃッ！　悠奈のおま×こ壊れちゃうッ！」

「こいつ、こいつめッ！　俺のペットっていう自覚を忘れやがって！　他の男に色気を振りまいてるんじゃねぇよ！」

「そんなぁ……！　そんなことしてないですぅ……！」

壁に手をつかせ、大きく後ろに突き出したむちむち巨尻を男が乱暴につかみ、ローターを引き抜いた膣穴を怒張した肉棒で激しく抽送する。ローター刺激を受けつづけていた悠奈はもちろん準備はできていたし、相沢の肉棒も最初から痛いほど勃起をしていた。

「嘘つけ！　営業一課の比嘉《ひが》なんて鼻の下を伸ばしてやがったぞ！　クソッ、営業部のエースだからって調子に乗ってやがるな！　マイナス査定つけてやる！」

　相沢は監視カメラで盗み見した、相沢が同僚男子社員と挨拶していた様を指して罵《のの》っているのだ。なお、九重社長との邂逅は監視カメラのない緑化スペース内だったため、相沢には知られていない。

「だ、ダメですよ、そんなことしちゃ」

「性奴隷のくせに口応《ごた》えするのかッ!?　お仕置きしてやる！」

「ひぃ！　やぁ、ごめんなさぁい！」

　小さく振りかぶった相沢の平手が、ぱしぃんと悠奈のむちむち臀部に打擲《ちょうちゃく》される。

　しかし、以前のお仕置きプレイ以降、この程度の痛みは悠奈にとってはご褒美である。

　何のことはない。相沢も本気で怒ったり罵ったりしているわけではなく、「他の男に色目を使ったペットへのお仕置きプレイ」を楽しんでいるだけだ。そしてそれは悠奈も十分に理解しており、意識的にも無意識的にも合わせて悦んでいるだけだ。

「いやーん、お尻ぶっちゃやだぁ！」

「嘘つけ！　叩くたびにおま×こぎゅうぎゅう締めつけやがって！　おら、『私はおち×ぽ大好きな相沢さんの牝犬奴隷です』って言ってみろ！」

「わ、私は……お、おち×ぽ……うぅ……」

「さっさと言わないとこうだぞ！」

ぱしぃん、と、再び適度な打擲音が悠奈のむちむち巨尻から鳴る。

「お、おち×ぽ大好きな相沢さんの牝犬奴隷ですぅ！　おち×ぽ大好きでごめんなさぁい！」

「他に謝ることあるだろう！」

「相沢さん以外の人に色目使ってごめんなさいっ！」

双方とも口調は激しいが、相沢はいつものニヤケ顔だし、悠奈も淫蕩な笑顔をしているのが察している。

「悠奈ちゃんはち×ぽなら誰でもいいんじゃないか？　適当な男を誘ってち×ぽ突っ込まれても泣いて悦ぶんだろう！」

「やだぁ、やだぁ！　違います！　相沢さんがいいです！　相沢さんのおち×ぽじゃなきゃ嫌ですぅ！」

言わされている感はあるが、それは悠奈にとっては本心でもあった。それくらい、悠奈の中での相沢の存在は大きなものになっていた。

（あ……おち×ぽがぐぐって大きくなった……そろそろ相沢さん、イクんだ……）

膣内で敏感に肉棒の変化を感じ、ちらりと後ろの相沢を盗み見る。その視線の意を得た相沢は、立ちバックのまま悠奈の片足を、ぐいと持ち上げ、片足立ちバックの体位でより激しく悠奈の膣内を抉った。

「ひぃやぁぁああ!! 激しすぎますぅ! イク、イクぅ、イッちゃうッ!」

「俺もイクぞ! うっ……」

短い唸り声と共に、大量の精液が相沢の肉棒から迸り、悠奈の膣内至るところに奔流が直撃する。体奥に温かい熱を感じた悠奈は、多幸感にも似た感覚に包まれて絶頂に至った。


その日の夜、草木も眠る丑三つ刻《どき》。ふだんならとっくに退社している時間だが、この日の悠奈は、とある羞恥プレイを実行するため、まだ相沢の部屋にいた。

「さて、準備はいいかな、悠奈ちゃん」

「大丈夫、です……」

言葉少なく悠奈が答える。これから行なうことの異常さ、そして身バレのリスクを考えると、どうしても身がすくんでしまう。だが、もはやあとには退《ひ》けない。悠奈は震える身体を無理やり動かして相沢の隣に寄り添う。その動きに合わせて、身体につけられたいくつもの「装飾品」が妖しく揺れた。

「それじゃ、行こうか」

相沢に先導されて、部屋から豪奢なロビーを経由し、専用のエレベータに乗って、日中はたくさんの社員が闊歩するオフィスフロアへ二人は移動した。深夜のオフィスは、しんと静寂に包まれており、二十四時間空調の音だけが微かに聞こえる。

「さあ、行こう。牝犬散歩の時間だ」

相沢が手に持ったリードを軽くしならせる。それを合図に、ほぼ全裸の悠奈が、ゆっくりとリノリウムの床に跪《ひざまず》き、そしてそのまま四つん這いの姿勢になった。

「わ、わん……」

そして、事前に言われたとおり、悠奈が犬の鳴きまねで応じる。

今の悠奈の恰好《かっこう》は、まさしく「犬」をモチーフにした卑猥な恰好だ。首には革製のごつい首輪が巻かれ、そこから相沢が持つリードが長く伸びている。頭には犬耳が着いたカチューシャが嵌《は》められており、両手両足は肉球まで再現されたふさふさ素材の手袋足袋で覆われ、さらに膝や肘といった床に接触する部分にもふさふさ素材のサポーターが装着されている。

そうして四肢には着用物があるが、肝心のおっぱいや股間は剝き出しの全裸であり、秘裂にはしっぽ付きディルドが深々と突き刺さっていた。

「深夜の社内を犬の恰好で散歩しよう」と相沢が言い出したときは、犬のコスプレくらいかと思っていたが、ここまで卑猥で悪趣味な恰好で、しかも四つん這いで歩かされるなど、悠奈は想像もしていなかった。昼間のローター散歩は、この羞恥プレイの予行演習だったのだ。

「……ほ、本当に誰にも会いませんよね……？」

この時間に残っているのは警備員くらいだとは悠奈も知っている。だが、一抹の不安が完全に消えることはない。

「警備員の巡回パターンは把握してるし、社員パスの履歴から誰も残っていないのは確認済みだよ」

そう言うと、相沢はさっさと歩きだしてしまった。リードで繋《つな》がれた悠奈も慌てて四つん這いで歩きはじめる。

「はぁ、はぁ、はぁ、はぁ……」

昼間も歩いたオフィスの廊下を、今は牝犬コスプレの恰好で這い歩く。昼間のダブルローター仕込みもそうとう緊張したが、この全裸露出はモノが違った。服を着ていない異常な背徳感、牝犬に扮し四つ足で歩く人間性の消失、そして、男にリードで牽かれる牝犬奴隷の感覚。それらすべてが異常な羞恥興奮となって悠奈に襲いかかる。

「……なんだか、もう興奮してない？」

「だって……ドキドキが止まらなくて……」

環境との融合をテーマに作られたスマートビルは窓も大きく、差し込む月明かりが悠奈の裸体を神秘的に照らす。その卑猥とも可憐とも思える姿に思わず嘆息すると、相沢はデジタルカメラを取り出して何枚か写真を撮った。

「綺麗だよ、悠奈ちゃん。いやらしくて、とても綺麗だ」

「え、えへへ……」

そうやってストレートに褒められるとかなり嬉しい。せっかく今はしっぽがあるのだからと、大きなお尻を左右に振って喜色をアピールしてみたが、膣に突き刺さったディルドを激しく揺らす結果となってしまい、悠奈は思わず「ひんッ！」と可愛い悲鳴をあげた。

「ははは、しっぽはちゃんとおま×こで咥えておくんだぞ？」

「は、はい……ちゃんと咥えます」

悠奈はそう言うと、相沢に従って、そろりそろりと歩きはじめた。なるべくディルドを揺らさないように慎重に歩く。そうして歩いていると、最初に感じていた羞恥はだんだんと薄れていった。

「悠奈ちゃん歩くのつらくない？　どこかで休憩しようか？」

「大丈夫です。あの、ちょっと楽しくなってきました……」

相沢の言うとおり、深夜のオフィスでは誰かと遭遇する気配すら感じない。そのため、悠奈は深夜の学校に忍び込むような、羞恥とはまた違った高揚感を覚えていた。

そして、変態プレイの主役は変態牝犬の悠奈だが、その裏方仕事は相沢の担当である。

ココノエ証券の本社ビルは、至るところでＩＤチェックを求められるスマートビルだ。つまり、通常の方法では、こんな深夜にオフィスをうろついていることは会社にバレてしまうし、そもそも監視カメラに録画されてしまう。だから相沢は、わざわざ役員権限を使ってＩＤスキャンと監視カメラを一時的に無効化しているし、スマホを横目でちらちら眺め、警備員の巡回路もチェックしているのだ。

そんな変態男の影の努力を悠奈は十分に把握しているから、安心して露出プレイに没頭できるし、そんな環境を作ってくれる相沢に、ある種の好感情を抱いているのだ。

「いつもみんながお仕事している場所を、こんな恰好で、四つん這いで歩いて……

へ、変態ですね、私……」

ちらちらと媚びるような視線を相沢に向ける。果たして相沢は狙いどおりにいつものニヤケ顔を浮かべ、やはり彼も楽しそうに言った。

「そっかー、じゃあ、変態な悠奈ちゃんにご褒美あげよう」

「ひぇ？　ご褒美？」

何のことかと首を傾《かし》げる悠奈にかまわず。相沢はポケットに隠し持っていたリモコンのスイッチをこっそり入れた。瞬間、実はリモートバイブでもあった膣内のディルドバイブが振動を開始し、不意打ちの刺激に悠奈は「ひぃぃぃッ！」と鋭い悲鳴をあげた。

「や、やぁん！　おま×こ、ぶるぶる震えてるぅ……こ、こんなの聞いてないですッ！」

「はは、もちろん内緒にしてたさ。さあさあ、もっと散歩を楽しもうかー」

「ま、まって相沢さぁん……バイブを止めてぇ……！」

静寂の廊下に、悠奈の哀声と、バイブの羽虫のような振動音が、妖しく響いた。

その後も二人はゆっくりと深夜の変態散歩を楽しんだ。バイブの振動刺激は悠奈の性感を見事に惹起し、その裸体は全身を桜色に染めている。

「んぁ……んぅ……あぁん……」

四つん這いの歩調に合わせ、完璧に喘ぎ声となった悠奈の吐息がリズムを作る。股間は太腿に垂れるほどに愛液が溢れており、ときおりリノリウムの床に愛液の雫が落ち、黒いシミを作っていた。

「変態牝犬の悠奈ちゃん、そっちじゃなくて、こっちだよ」

ぼーっと違う道を行こうとする悠奈の行く道を、軽くリードを引っ張って相沢が修正する。首輪で牽かれるなど、本来ならば尊厳を犯す行為なのだが、異常快楽に染まった悠奈には、興奮を助長するスパイスでしかない。また、散歩の最中、相沢はことあるごとに「牝犬」という単語を強調して連呼していた。それは、催眠術のように悠奈を侵食し、次第に悠奈の脳内には「牝犬」という単語がリフレインするようになっていった。

(牝犬、牝犬、牝犬、牝犬……)

脳内を木霊《こだま》するその単語に、悠奈はその人間性を一時喪失していった。役者が完璧に役に入り込むように、自分は人ではない、淫乱変態な牝犬であると誤認しはじめたのだ。そう考えると、膣からしっぽが生えていることが不思議でなくなる。ずっと前から四つん這いで歩いていた気がする。いや、自分は産まれたときからありえないほどの変態だったのではないかと錯覚してしまう。

「はっ、はっ、はっ、はっ……」

いつか見た動物番組の大型犬のように、だらしなく舌を垂らして短く呼気を吐く。

主人であり飼い主である相沢に、下卑た淫猥な笑みを向ける。

「んー？　どうしたのかな、淫乱牝犬の悠奈ちゃん。喉でも乾いた？」

別にそんなことはないが、きっとこれは新たな辱《はずかし》めプレイの合図だと察した悠奈は、犬耳が跳ねるほど、ぶんぶんと首を縦に振った。

「そっか、そっかー。それじゃ、お水の時間だ」

そう言うと、相沢はまさしく「エサ皿」とおぼしきプラスティックの容器をリノリウムの床に置き、ペットボトルの水を取り出すとその容器に注いだ。

「さぁ、飲んでいいよ」

悠奈の両手は自分では外せない肉球付きの手袋だ。もちろん、容器を摑んで傾けて、口に注ぐことなどできない。だから悠奈は、当然のように顔を容器に突っ込んで、ぴちゃぴちゃとはしたない音を立てながら水を啜《すす》りはじめた。

「うわ、ノータイムでそれをやる？　俺には無理だわー、心から変態牝犬になっちゃったんだね、悠奈ちゃん」

相沢の罵倒めいた言葉に、悠奈の身体が総毛立つ。情けなさがさらなる異常興奮を呼び、ぶるりと震えたむちむちの巨尻から、新鮮な愛液が、びゅっと飛散した。

「……言葉責めでイキやがった、マジか……」

常に飄々《ひょうひょう》としている相沢にしては珍しく、本心から驚愕した言葉が漏れる。

ほどなく容器の水を啜りつくした悠奈が、完全に発情した顔と瞳で相沢を見上げる。そして、相沢の下半身に顔を寄せると、スラックスの上から男根に顔を擦りつけはじめた。

「なに、ち×ぽが欲しいの？」

「はい……欲しいです、相沢さんのおち×ぽが欲しいです……」

もはやここが自分の勤務するオフィスの一画であることなどどうでもいい。悠奈はひたすら肉欲を希求する、確かな一匹の牝犬になっていた。

「そっか、それじゃ、咥えていいよ」

相沢はそう言うと、近くのベンチに座って、大股開きに股を開いた。

「いひひ……」

下卑た笑みを浮かべ、悠奈がむしゃぶりつくように股間に顔を埋《うず》める。しかし、手を使ってスラックスのファスナーを開けようとして、両手が肉球付き手袋であることに改めて気づいた。

「あ……相沢さぁん、おち×ぽ出してくださいよぉ」

「主人に命令するのかい？　悪い牝犬だ。これじゃち×ぽはお預けかな？」

「そ、そんなぁ……おしゃぶりさせてください！」

「犬はたいていのことは前足じゃなくて、口でするもんだよ」

相沢のその言葉に、ぴん、と閃いた悠奈は、再び股間に顔を埋め、舌と口を器用に扱いファスナーを探り当てると、前歯でファスナーを丁寧に嚙み、ゆっくりと首を動かしファスナーを開いた。

「あはぁ……相沢さんの臭いがする……」

ようやく開いてくれた社会の窓に顔を突っ込み、やはり舌と口で肉棒を探り当ててそれを吞み込むと、悠奈は猛烈なフェラチオを開始した。

じゅぽ、じゅぽ、じゅぽッ！　と派手な音を立てて肉棒をしごき、じゅぽぽぽぽッ！　と頰がへこむほどバキュームをかけて肉棒を吸う。肉棒があっという間に怒張すると、亀頭を口唇で、むにぃと挟んで、鈴口を舌の先端で、ちろちろとほじる。むず痒いような刺激で肉棒を十分に焦らしたあとに、一気に喉奥まで肉棒を吞み込み、相沢の陰毛が悠奈の鼻をくすぐる位置まで顔を密着させると、ちょうど亀頭が咽頭にぶつかり、強烈なえずきと吐き気が悠奈を襲う。ゆっくりしっかり鼻呼吸で息を整えると、今度は咽頭を「おご……おぅ……」と無理やり動かして咽頭で包み込む亀頭を刺激する。さらに、舌を根元から、れろんれろん、とダイナミックに動かし、竿からカリ裏までを存分に舐め上げた。

「おお……はげし……！」

悠奈の的確かつ猛烈な口淫に相沢が満足そうな声を漏らす。数カ月かけて自分好みに仕込んだペットの、期待どおりの奉仕技術に素直に感動する。

（感度抜群、エロテクよし、ついでに言うと、仕事もそつなくこなす。こりゃあ、一年で手放すのは惜しいなぁ）

股間からの快楽でやや鈍麻した思考で、そんなことをボンヤリと考える。何事にも飽きやすい自分が、ずいぶんと奇矯なことだと思う。

（ま、なるようになるか）

楽観的にそう結論づけると、相沢は悠奈の頭を撫で、「出すぞ、全部飲めよ」と言葉少なく命令し、そのまま我慢せずに悠奈の口腔内に精液の奔流をぶちまけた。鈴口から発射された精液は悠奈の咽頭にぶち当たり、一部は上気道を通って鼻腔から漏れ出し、呼吸に合わせて精液の鼻提灯《ちょうちん》を作る。

そんな窒息の拷問にも似た苦しみのなかで、悠奈は、それでも淫乱な笑みを浮かべつづけた。

情欲に満ちたイラマチオのあとも牝犬露出散歩は続き、牝犬と変態男はとある部署へとやってきた。

「ふぁん、着いちゃったぁ……」

性的興奮が一目でわかる蕩けた表情と甘い声で悠奈が呟いた。

そこは、悠奈が数カ月前まで在籍していた古巣の経理二課であった。床下配線のため廊下よりもわずかに高くなっているタイルカーペットの床を、四つん這いの悠奈が、のそのそと徘徊する。

「どう、懐かしい？」

「なんだか、ここで働いていたことが、遠い昔のことみたいに思えます」

悠奈はあの異動命令の日、奴隷契約を結んだ日以来、この部署に訪れていなかった。特に忌避したわけではないが、なんとなく足が向かなかったのだ。

「あんまり、何も変わってないかも……あッ！」

不意に悠奈が小さく驚いた声を発した。彼女の視線の先にあるのは、パソコンのみが設置された、持ち主不在のオフィスデスクだった。

「もしかして、悠奈ちゃんの席？」

「は、はい。わぁ、そのまま残してあるんだ……」

てっきり誰か他の課員のサブ席か、あるいは撤去されていると思っていたから、悠奈はなんだか嬉しい気持ちになって自分のデスクを肉球手袋で撫ぜた。

「悠奈ちゃんは元子のお気に入りだからなー。きっと、ここに帰ってくる日を、今か今かと待ちわびているんじゃないかな？」

「……相沢さん、二課長と仲いいんですか？」

「まあ、同世代だし……あれ、ひょっとして、気になる？」

「いえ、べつに」

素っ気なく答える悠奈だが、もちろん内心では滅茶苦茶気にしている。しかし、それを素直に口にするのは恥ずかしいし、過去に聞いた相沢の女性遍歴を思えば、干渉しすぎる女性を相沢はきっと嫌うだろう。

「くぅーん、くぅーん」

だから、もやもやとした気持ちを紛らわせようと、ぷにぷにの頬っぺたを相沢のスラックスに寄せて、すりすりと甘える仕草をした。

「おや、この牝犬はかまってほしいのかな？」

牝犬奴隷の犬真似に相沢もノリよく応じ、悠奈のもさもさミノムシヘアを、わしゃわしゃと撫で、そのまま頬、喉、巨乳の谷間、お腹を優しく撫で回した。

「あはー」

いつもの性的愛撫とは違った、まさしくスキンシップと言える触れ合いに、悠奈は希少な多幸感を感じて脱力した。タイルカーペットの上に寝ころがり、犬のように飼い主に腹を見せる。

「んー、ここかー？　ここを撫でてほしいのかー？」

脂肪がほどよくのった悠奈のぽっこりお腹を優しく撫でる。温かい男の手が腹部を往復するたびに、悠奈は幸せそうに「くぅーん」と鳴いた。

そんなある意味ハートフルなスキンシップがしばらく続いたが、次第に悠奈の吐息が再び桃色を帯びはじめた。それもそのはずで、悠奈の股間には今も振動を続けるバイブレーターが挿入されており、その快楽刺激が悠奈の情欲を再び湧き起こしたのだ。

「はぁはぁはぁ、相沢さん……」

仰向けのまま、股間を振ってしっぽバイブを左右に揺らす。新たな愛液が分泌されはじめたそこは、悠奈の腰の動きに合わせて、ぬちぬちと粘着質な音を立てた。

「なんだ、また発情したのか？　スケべな牝犬だな」

「はいぃ……変態牝犬の悠奈は、また発情しちゃいましたぁ」

先ほどはイラマチオだけで直接的な快楽はもらえなかった。今度こそ肉棒による快楽を欲《ほっ》して悠奈が媚びを売ると、しかし、やおら相沢は悠奈を立たせて、そのまま悠奈のデスクにその本人を座らせてしまった。

「あ、あのぅ……」

「せっかくのシチュエーションだから、撮影会をしよう」

相沢はそう言うと、それまで悠奈の手指を拘束していた肉球手袋をあっさりと外した。そして、今まで悠奈の痴態を撮影していたデジタルカメラを録画モードにして、悠奈の前の机に置いて撮影を開始した。

「さぁ、変態牝犬の悠奈ちゃん。自己紹介をしながら、今から、どこで、ナニをするのか、カメラに向かって言いなさい。もちろん、実演もしながらだよ」

ここでようやく悠奈は相沢の目論見《もくろみ》に気づいた。ここで、悠奈の古巣である経理二課の自分のデスクで、カメラに撮影されながら、オナニーを実況しろと言っているのだ。

「そんな、そんなことぉ……」

茫然と呟く悠奈だが、その手は自然に股間に伸び、秘裂に突き刺さるしっぽバイブをそっと両手で握りしめる。

そうして、一度相沢へ視線を送り、彼が大きく頷いたのを確認すると、牝犬は媚びた卑猥な表情を浮かべて語りはじめた。

「わ、私は、変態牝犬の悠奈です……今から、昔働いていた経理二課の、私の机の上で、オナニーをします……！」

言うやいなや、悠奈はしっぽバイブを、ずちゅずちゅと抜き差しし、その小さな口から「んなぁ！」と甘い嬌声を漏らした。

「おま×こ、気持ちいい……バイブでずぼずぼするの、気持ちいいです。おま×この奥がキュンキュンってなって、背筋がゾクゾクして……」

「悠奈ちゃん、ちゃんと自分のおま×こ紹介もしなきゃだめだよ。そう、カタチや特徴をきちんと言うんだ！」

悠奈の痴態を見ながら、本当に楽しそうに相沢が言う。

「あ……みなさん、私のおま×こをよく見てください」

バイブが突き刺さったままの淫裂を、大股開きに、ぐぱぁと広げてみせる。

「私、ちゃんとした大人なのに、毛が生えてない、子供みたいなパイパンま×こなんです……でも、毛は生えてませんけど、相沢さんのおっきなおち×ちんで、何度も何度も躾けてもらって、立派な変態ま×こになりました。こんな大きなオモチャを出し入れして悦ぶ、変態パイパンま×こです……」

発せられる淫語がさらなる興奮を呼び、悠奈の息がどんどん荒くなる。

「今度はそのおっきなおっぱいだ！」

「おっぱい……」

片手でバイブを動かしながら、もう片方の手で、スイカのような巨乳を鷲掴みにする。悠奈の小さな手では、悠奈の巨乳は大きすぎて、まるで赤ん坊が母親の乳房に手を添えているように見える。

「おっぱいも、相沢さんにいっぱいイジメてもらって、こんなに大きくなりました。乳首も、たくさん指で抓《つね》られて、お口で噛まれて、すごく下品な大きさになっちゃいました」

悠奈の言うとおり、元々大きめであった乳首は、最近目覚めた被虐調教により苛烈に弄られた結果、かなり肥大し、色も濃くなっている。

「……それは、悲しいかい？」

「ううん、嬉しいです」

ほんの少し逡巡があった相沢の言葉を、悠奈は即答で否定した。

「おま×こも、乳首も、相沢さんにいっぱいイジメてもらって、すごく嬉しい！　もっともっと、悠奈の身体を調教してほしいです……　あ、あぁん、イクッ……！」

とうとう羞恥快楽が閾値を越え、悠奈は全身を、がくがくッと震わせて絶頂を迎えた。同時に愛液を垂れ流していた淫裂から、びゅびゅと潮が吹き上がり、タイルカーペットに一条の黒いシミを作った。

「あぁ……みんなの職場を汚しちゃったぁ、ごめんなさい……」

謝罪の言葉を口にする悠奈の表情は、しかし、今日一番の淫らな笑みを浮かべていた。


古巣の経理二課でのオナニー実況プレイを終えたあと、さらに、広い複合スマートビルを一通り歩き回り、二人はようやく帰路についた。

「悠奈ちゃん、今日は泊まっていくでしょ？」

「もちろんですよー」

あの部屋にほとんど住んでいる相沢はもちろん、今は悠奈も週の大半はあの部屋に泊まり、相沢と同衾《どうきん》するようになっていた。自然と、あの部屋の家事も悠奈が担当するようになり、備えつけのキッチンで相沢の食事を用意するのも当たり前となっていた。

「明日のお昼は、相沢さんの好物を作りますね」

「具材あったっけ？」

「大丈夫ですよ、冷蔵庫の中は把握してますから」

「そっかそっか、悠奈ちゃんは料理上手《じょうず》だからなー。楽しみだよ」

「えへー」

言葉だけ聞くと同棲カップルの会話に聞こえるが、実際は牝犬のコスプレをした全裸の妙齢女性と、その女性の首輪から伸びるリードを持った中年男性の会話であり、言葉と絵面のギャップが凄まじい。

と、二人が専用エレベータに近い中庭の横を通ると、不意に悠奈がその身体を、ぶるりと震わせた。

「あ……あのぅ、相沢さん……」

「うん？　どうしたの、悠奈ちゃん」

「あの、その……トイレ行っていいですか？」

定期的に相沢が飲ませている水のせいか、それとも、鈍麻していた感覚が蘇《よみがえ》ったのか、悠奈は急激な尿意を感じた。オフィスの廊下に漏らすわけにはいかないので素直に相沢に告白したが、それを聞いた途端、相沢の顔にいつものニヤケ顔が浮かんだ。

「ああ、トイレね。いいよ、連れてってあげる」

相沢はそう言うと、首輪のリードをやや強引に引いて、悠奈を目の前の中庭に強引に誘導した。

「あ……ええ……ここですかぁ……？」

昼間も訪れた緑化スペースは、しかし、今は人の気配も微塵も感じない静寂の空間であった。

「さぁ、好きなだけおしっこしなさい」

当たり前のようにデジタルカメラを向けて相沢が言う。だいぶ興奮が落ち着いていた悠奈だったが、同僚社員が憩《いこ》いの場として利用する中庭で粗相を犯す背徳感に、再び羞恥快楽の波が立つのを感じた。

「うう、今の私は牝犬だから……お外でおしっこするのが、当然ですよね……」

誰に言うでもなく、ただ己《おのれ》の恥辱性感を高める目的で悠奈が独りごちる。

そうして、悠奈は手頃な広葉樹に狙いを定めると、チラリ、と相沢を盗み見たあと、牝犬ではなく、牡犬がそうするように、四つん這いのまま片足を高く上げて秘部を広葉樹に向けた。

「はぁ、はぁー、でます……」

撮影する相沢に短く告げると、悠奈の股間から黄金の飛沫が放物線を描き飛散した。いまだ振動を続けるバイブから伸びたしっぽが、ふるふると悩ましげに揺れ、にわかに荒くなった呼吸に合わせて、さらにサイズを上げた巨乳が、ゆっさゆっさと揺れる。

「あああぁぁ……」

出はじめは勢いよく飛んでくれたおしっこは、次第にその勢いを弱め、最後にはむちむちの太腿に数条の雫を垂らしながらゆっくりと止まった。その瞬間、悠奈は、くたりと天然芝に寝転がり、「ひー」と長く息を吐いた。

「どうだった?」

「なんだか、開放的で……イケない遊びみたいで……クセになりそうです……」

抑揚のない声で悠奈が言う。元々排泄は弱い快感を伴《ともな》うが、それに背徳感や恥辱が加わり、悠奈はまた新しい快楽を覚えてしまった。

(私、どこまで変態に堕ちちゃうんだろう……)

不意にそんな思いに囚われるが、相沢の呑気が移ったのか、まぁ、いっか……と悠奈は思考を停止した。今はもたらされる快楽が悠奈にとってすべてだった。

「……クセになる、か……ふむ」

すると、やや冷静、かつ、ほんのわずか真剣な口調で相沢が呟いた。

「相沢さん……？」

「あー、悠奈ちゃんのおしっこ見てたら、俺も小便したくなったわ」

「あ、はい」

「それじゃ、ここで待ってて。すぐに済ましてくるから」

「あ、はい……はい？」

相沢の言葉の意味をゆっくりと理解し、悠奈の声が驚愕に染まる。

「あの、あの！　ここでっ？」

突然のことに動揺する悠奈を尻目に、相沢は悠奈の首輪から伸びるリードを低身長の悠奈では届かない高さの枝に縛りつけてしまった。高さもさることながら、悠奈の両手はいまだに肉球付きの手袋であり、固く結ばれたリードをほどくことはできない。

「大丈夫、だいじょうぶ。すぐに戻るから」

そう言い残すと、相沢はさっさと中庭から出てオフィスの廊下の先に消えていってしまった。

「嘘ぉ……」

薄暗い中庭に独り取り残された悠奈は、急に襲いかかってきた恐怖に全身を震わせた。

前述のとおり、今晩の牝犬散歩プレイは、すべて相沢の入念な管理下にあり、また、相沢が悠奈の傍に常にいて、ある意味守ってくれているからこそ安心してハメを外して楽しめたものだった。それが、守護者たる相沢が消えてしまった今、悠奈の脳は急激に現実感を取り戻し、快楽に繋がる羞恥とは別の、いたたまれない恥ずかしさが悠奈を支配した。

「こ、こんな姿誰かに見られたら……」

つい数分前までは、デジタルカメラの前で堂々と放尿していたとは思えないほど、悠奈の精神は委縮し疲弊していった。いい歳してなんて恰好をしているんだ、と、極々当たり前の客観視が悠奈を苦しめはじめた。

「ひ、ひぃ……相沢さん……早く戻ってきてぇ……」

身体のいろんな卑猥な部分を隠そうと、むちむちの太腿をでっかい巨乳に寄せて体育座りをする。そうして数分経ったその瞬間、悠奈の視界の端が、キラリと光る何かを捉えた。

「………え」

酷く間抜けな声が悠奈から漏れる。それは、現実にはありえない風景で、悠奈の脳が拒絶する光景で、そして絶望的な情景であった。

それは、懐中電灯の明かりだった。

「あ、あ、あ、あ、あ……」

どこかに隠れようと身体をよじり、しかし、高い位置にリードを縛られたせいでほとんど身動きが取れず、そうして悠奈がパニック一歩手前に陥った瞬間、状況はさらに悪化した。

「いやー、ごめんなさい、警備員さん。こんな時間に忘れ物を取りに来ちゃって」

「いえいえ、夜勤なんて暇なもんですから、かえって時間が潰れてありがたいですよ」

明かり付近から若い社員と初老の警備員とおぼしき声が聞こえてきたのだ。悠奈の鼓動が、どっきんと数段跳ね上がる。そうして、ぶるぶると震える悠奈の視界が、確かに黒い人影が二つ、暗い廊下の端にいるのを捉えた。

（お願い、お願いッ。気づかないで……ッ！）

悠奈がいる中庭は、開放的な雰囲気を演出するために視界はかなり開けている。そんな環境で、全裸の牝犬コスプレ変態女は、異常に目立つ存在だ。

ゆえに、それは必然の結果であった。

「あれ……中庭に誰かいる？」

「ええ、冗談はよしてくださいよ……いや、本当だ、誰かいる！」

「ッッッッ‼」

声にならない悲鳴が悠奈の口から漏れた。恐怖のあまり人影に背を向け、がくがくぶるぶると全身を震わせる。

「警備員さん、あそこ……ひと？」

「こりゃ……なんだ、裸ぁ？」

もうおしまいだ、と悠奈は本気で思った。きっと明日には社内全体に悠奈の噂が広まるだろう。深夜に牝犬のコスプレをし、首輪にバイブ付きのしっぽを嵌めた変態女の姿を。いや、ひょっとしたら放尿の跡も発見されて、屋外で放尿するド変態であることまで吹聴されるかもしれない。

「ひひ、人生終わった……」

あまりに絶望的な状況に、逆に笑えてくる。そして、懐中電灯の明かりがどんどんと近づいてくるのがわかる。

（ああ、でも……）

混濁する思考のなかで、しかし、悠奈は一つだけクリアな思いを抱いた。

（人生終わっても、相沢さんの性奴隷として生きればいいんだ……）

ふと、そう思ったその瞬間、とうとう眩しい光が悠奈の裸体を鮮やかに照らした。

「あ、あはは……あの、その、こんばんは……」

卑屈な愛想笑いを浮かべ、場違いなあいさつをしながら悠奈が振り返ると、そこには、

「はい、こんばんは。お待たせ、悠奈ちゃん」

スマホのライトを光らせた相沢が、すぐ後ろに立っていた。

「………ひ？」

相沢の顔を見た瞬間、悠奈は素っ頓狂な声をあげ、そして、次の瞬間、

「うわぁぁぁッッ！　相沢さぁぁぁんッッ！」

猛然とタックルするように相沢に抱きつく。

「わ、私、私ッ！　見られて！　見られちゃって！　裸が、首輪、しっぽ！」

「うーんと、あの、ええと、落ち着いて、悠奈ちゃん」

「うわぁぁぁん、相沢さん以外の人に裸見られちゃったぁ!!」

びぇぇぇんと涙と鼻水とをまき散らして泣きじゃくる悠奈を見て、珍しく相沢が慌てふためいて必死に宥めるような声を出した。

「ああ、ガチ泣きしちゃった……！　悠奈ちゃん、これ、仕込み！　仕込みだから！」

「仕込みぃ？　悠奈わかんなぁい！」

「ええと、あそこ！　ほら、あそこ見て！」

相沢がある場所を必死に指さす。釣られて見た悠奈の視界の先、ガラス窓に、ぼう、と映る二つの人影が見えた。

「ひぃッ！　誰かいますッ！」

「いや、よーく見て。人じゃないよ！　プロジェクションマッピング！　ほら、いつか夕涼み会で花火のプロジェクションマッピングやったでしょ！　あれの応用！」

「ぷ、ぷろ、じぇくしょん……？」

ひっく、ひっく、としゃっくりを奏でながら、悠奈が恐るおそるガラスに映った人影を注視する。

「……ガラスに映ってるだけ……？」

「そうそう！　ええと、こうやって操作すると……」

相沢が隠し持ったスマホを操作すると、ガラスに映った人影はあっさりと姿を消した。

「ほら消えた！　消えたよ！」

「声はぁ……声も聞こえました……」

「あ、それは、スマホアプリのボイスチェンジャー。スピーカーはこれね」

相沢がスマホに口を近づけて何事かしゃべると、手に持ったポータブルスピーカーから、先ほど聞いたような初老の声が響いた。

「一人二役、あはは、俺って、けっこう演技派だろ……？」

相沢の口から乾いた笑いが響く。対する悠奈は相沢を涙目のジト目で睨みつけた。

「……ドッキリのつもりだったんだけど、驚かせすぎちゃた、かな？」

相沢そう言った瞬間、悠奈は相沢の胸をドラム代わりに、両手で、ぽかぽかぽか、と駄々っ子パンチを食らわせはじめた。

「ばかばかばかばかばかばか！　相沢さんのばかぁッ！」

「ごめんなさい！　俺が悪かった！」

「相沢さん以外の男の人にッ！　裸なんて見せたくないですッ！」

「そうだよね！　見せたくないよね！」

「罰として、今からずっとぎゅっとしてくださぁい」

「おぉ……ええと、ぎゅっとすればいいの？」

「ぎゅっとしてぇ……」

相沢が言われたとおり悠奈の身体をぎゅっと抱きしめると。悠奈は涎鼻水涙でぐっちゃぐちゃになった顔を、相沢の胸にこれでもかと押しつけた。

「このまま相沢さんのベッドまで運んでください……そんで、私がいいって言うまでずーっとぎゅっとしててください……すごく怖かったんですから……」

「あー、ええと、あれ、悠奈ちゃんを俺が運ぶの……？」

相沢のわりと切実な問いに、ジト目のまま悠奈が無言で頷く。

悠奈は顔を相沢の胸に埋めているから、この体勢で悠奈を運ぶとなると、いわゆるお姫様抱っこしかない。

そして、悠奈は低身長ではあるが、巨乳巨尻巨腿のむちむち恵体ボディだ。つまり、けっこう重い。

さらに、相沢はその見た目に違《たが》わず、あまりスポーツとは縁のない人生を歩んだ、細腕非力な四十がらみのおっさんである。

「…………」

「もし落としたりしたら、相沢さんのおち×ぽを嚙み千切ります」

がるるると牝犬がわざと歯を見せて相沢を威嚇する。

相沢の試練の時間が始まった。

第六章　お尻の処女を捧げるようです

「相沢さーん、お昼ご飯できましたよー」

てとてとキッチンから大きめのお盆を持って歩いてきた悠奈が、ダイニングテーブルに手早く配膳を始める。

「おー、いい匂いしてるねー」

「今日はオムライスでーす。美味しいですよー」

テキパキとカラトリーも準備して相沢をダイニングテーブルに促《うなが》す。

何気ない団欒の風景だが、今日の悠奈の恰好《かっこう》はずばり裸エプロンである。フリルが付いた布面積小さめの裸エプロンは、動くたびにまったく隠れていない巨乳と巨尻がゆっさゆっさと揺れるのをダイレクトに視姦できる。

「うーん、裸エプロンは定番かつシンプルではあるが、すごくいいな……」

配膳を済ませた悠奈の背後に忍び寄ると、相沢が悠奈を軽く抱きしめ、エプロンからはみ出た巨乳を揉みしだく。

「んもー、さっきもそう言ってイタズラしたじゃないですか……包丁使ってるときは危ないのに」

「ご飯食べたら、そのまま食卓でエッチしようね」

「やだぁ……相沢さんのえっちぃ……」

宣言どおり昼食が終わると食器もそのままに相沢は裸エプロンの悠奈を食卓に押し倒し、すぐさま後背位で悠奈を犯しはじめた。悠奈も表面上は嫌がる素ぶりを見せるが、完全にオンナの形となった秘裂は愛撫がなくとも妖蜜で濡れており、なんの抵抗もなく男根を根元まで受け入れていた。

すでにこの淫靡な生活が始まって半年以上が経過しているが、二人とも飽きもせずに、毎日互いのカラダを貪り合っている。

「悠奈ちゃんのおま×こ、最初から名器だったんだけど、最近はかずのこ天井がどんどん育ってさらに具合がよくなってきたよ」

「本当ですか、嬉しいです！　もっといっぱい気持ちよくなってくださいね」

悠奈のもともと大きかった巨乳・巨尻はさらにツーサイズほどボリュームを増して

おり、仕草の一つひとつに女の色香を漂わせるようになっていた。最近は社用でオフィス内を歩いていると、別部署の男性社員から声をかけられることも増えてきた。しかし、当然のように悠奈はその誘いをすべて断り、逆に相沢に報告して嫉妬プレイの材料にしている始末だった。

相沢との関係もかなり密接なものになっていた。週の大半をこの部屋で過ごし、相沢の身の回りの世話を焼き、昼夜を問わず相沢とさまざまな変態プレイに興《きよう》ずる。やっていることは同棲カップルと変わらないが、悠奈は相沢が自分に対しては愛玩動物以上の感情がないと理解していた。しかし、それだけに、一年間の出向期間中はいい関係を維持しようと、そして、そのための努力をしようと悠奈は決めていた。

「……コッチはまだかかるかな？」

相沢が男根を挿入する秘裂の上、きゅっと窄まった悠奈の肛門を指で突つく。指やローター、細身のバイブやプラグは幾度となく挿入され、十分に開発された悠奈の肛門は、しかし、まだ肝心の相沢の男根は未挿入であった。

「ご、ごめんなさい……毎日拡げてるんですけど、まだ、怖くて……」

身体の小さい悠奈の肛門はやはり小さく狭い。相沢だけでなく悠奈自身も開発を重ねてはいるが、なかなかアナルセックスには至っていなかった。

「まぁ、いいさ。こっちの穴で十分気持ちいいし、他の部分でも悠奈ちゃんは十分に性奴隷として優秀だからね」

　その言い方には多少複雑な気持ちになるが、裸エプロン姿の悠奈は素直に「ありがとうございます」と言うと、男が悦ぶように、ぎゅぅと膣穴を締めた。

「おぉ、いい締めつけ……出すよ」

「はぁい」

　もう何度出されたかわからない相沢の精液を膣奥で受け止める。そうして、床に零さないように再度膣穴を締め、抜かれた男根をお掃除フェラするために口に含む。それはもう頭で考えなくても身体が覚えきった、当たり前の動作であった。

「あー、そうそう。おしゃぶりしながら聞いてね」

「ひぁい……？」

　丁寧に男根をしゃぶっていると、不意に相沢が話しはじめた。

「明後日の金曜日だけど。お昼から外に遊びに行こうか」

「お外、ですか？」

　外、というと、この部屋の外であるオフィスビル内ではなく、単純にビルの外ということだろう。

「あの、お外でエッチするんですか？」

「あはは、そうじゃなくて、水族館行ったり、買い物したり、ディナーを食べたりするアレだよ」

「え、えぇ？」

その言葉に悠奈は本気で驚いた。この半年以上、こんなふうに誘われたことはなかったし、なにより、言っている内容がほとんどデートに等しいことに一番驚いた。

「……わかりました、用意します」

相沢には相沢の考えがあるのだろう。そして、それは自分にとって不利益なことではないのだろう。いびつではあるが、この半年以上の間に培《つちか》った相沢への信頼感は、悠奈を容易に首肯《しゅこう》させるに十分なものだった。


そして当日。悠奈が待ち合わせ場所であるホテルのロビーに到着すると、果たしてそこには、見事に着飾った相沢がソファに座って待っていた。

「うわぁ、高そうなジャケット……」

一目でインポートのブランド品だとわかる上着を着た相沢は、悠奈を見つけると、にこやかな笑みを浮かべながら悠奈に近づいた。

「やぁ、待ってたよ」

「お、お待たせしてごめんなさい」

「いや、いいさ。さあ、今日は楽しもう」

「あ、はい……」

さりげなく、すっと差し出された相沢の腕に、ドギマギしながら自分の腕を絡める。意識してむちむち巨乳を相沢に押しつけると、彼は嬉しそうに笑った。

「あの、すごくセンスのいいジャケットですね」

「本当？　悠奈ちゃんに褒められると嬉しいなぁ」

「私、全然釣り合った格好できてなくて……」

「そういうことは気にしない、気にしない」

そんなふうに、相沢はいつもどおりの飄々とした、そして陽気な態度で悠奈をリードしていった。最初は宣言どおりホテルに併設された水族館に案内され、女性の誰もが好きであろうペンギンやラッコといった癒し系アニマルを堪能した。そうして、悠奈の緊張が解れたのを確認すると、相沢は悠奈をとある美容サロンに案内した。

「ええと、相沢さん、ここは？」

「ここはね、俺がオーナーをしている美容サロン。ここで、悠奈ちゃんにはちょっとした変身をしてもらおうと思ってね」

「へ、変身？」

その言葉の意味を問い質《ただ》したかった悠奈であったが、にこやかな営業スマイルと共に登場した女性スタッフに完全個室の美容ルームに案内されると、そこから怒濤《どとう》の美容ケアが始まってしまった。

まず初めに、もさもさロングヘアに丁寧にストレートパーマが施され、さらにパーマの待ち時間に額から足の先まできめ細やかなスキンケアが行なわれた。もちろん、悠奈も女性であるからお肌のケアはしているが、そのスキンケアは悠奈のそれが子供の遊びに思えるほど丁寧で洗練されており、かつ高級な素材をふんだんに使った豪奢なものだった。

（す、すごい！　どんどんお肌が若返ってる！）

手が加えられるたびに磨かれていく自分の肌に、次第に悠奈は強い興奮と喜びを感じはじめた。それは、女性として当然の喜びでもあった。

ストレートパーマが終わると、今度はヘアメイクが始まった。人生で初めて艶やかでさらさらになったロングヘアをナチュラルに、しかし、センスよく結《ゆ》い上げ、それに合わせたメイクを丹念に仕上げる。そして、身体すべての手入れが終わると、最後に待っていたのは妙齢のマヌカンによるカクテルドレスの着付けであった。

カクテルドレスは驚くべきことに悠奈のサイズに合わせたオーダーメイドのものらしく、そのむちむち恵体ボディを自然な魅力として演出する極めてハイセンスなドレスだった。相沢の好みに合わせてか、全体的に身体のラインがはっきりとわかるデザインになってはいるが、深いブルーを基調としたカラーデザインは大人びた印象を与え、姿見に写ったドレス姿の自分を見たとき、悠奈はそれが自分の姿だとはしばらくは思えないほどだった。

そうして、たっぷり二時間以上はメイクアップに時間をかけた悠奈がマヌカンに連れられて相沢のもとへ行くと、相沢は一目見た途端、「ほう、見事な美女だ……」と深い溜め息とともに悠奈を褒めちぎった。

「素晴らしい。青のドレスがよく似合っている。こういう言い方は好きではないかもしれないけど、ぐっと大人びて見える。いや、どこのパーティに出ても見劣りしない、立派なレディだよ」

「ありがとうございます！　あの、その、相沢さん、私嬉しい！」

低身長や童顔をコンプレックスに思っていた悠奈にとって、相沢のその感想は何よりも嬉しいものだった。実際、ドレス姿の悠奈は、十人中十人が振り返るほどのグラマラス美女である。

「さあ、今から行けばディナーの予約時間にドンピシャだ。よろしいでしょうか、お嬢様」

「は、はいッ！　喜んで！」

スッ、と差し出された相沢の手に、今度はそっと手を乗せると、悠奈は自信をもった足取りで歩きはじめた。

ディナーはホテル最上階にある三ツ星レストランの、しかも夜景が一番よく見える特別席であった。

十分な間隔が取られた席に座っているのは、見るからにハイソサイエティな人々で、人種もさまざまであった。中央のステージではジャズトリオが落ち着いた音楽を生演奏し、その空間すべてに高級感を覚える。そんな雰囲気の中で、相沢はまったく臆することなく堂々と悠奈をリードし、外国人ソムリエの案内にも流暢な英語で応じて、悠奈の好みにあったワインを選んでくれた。

初めは少し緊張気味な悠奈だったが、口当たりのいい赤ワインの酒気も手伝い、次第にニコニコと笑顔でフルコースのディナーを楽しむようになった。

「このムース、すごく口当たりがいいですね。口に含むと、すーって溶けちゃって、食べるのがもったいないくらいです」

「ああ、そりゃフォアグラだよ。口当たりが滑らかだろう？」

「はぁー、これが高級レストランのフォアグラ料理なんですねぇ」

幸せそうな表情でムースを頬張る悠奈を、楽しそうな表情で相沢が見つめる。そうして、楽しいディナーの時間が暫時過ぎると、悠奈はふと思いついた顔で相沢に聞いた。

「あのぅ、でも、突然どうしたんですか？　こんなオーダーメイドのドレスとディナー。何かいいことでもあったんですか？」

悠奈のその言葉に、相沢はあっけに取られた表情をして、「えっ？」と間抜けな声を漏らした。

「あれ、もしかして、まだ気づいてなかったの？　最初からバレてると思ってたけど」

「はい？　バレる？　何がですか？」

「ああ、いや、いい。どうせすぐにわかることだから」

「ふぇ？」

悠奈が可愛く首を傾《かし》げていると、腕に嵌《は》めたグランドセイコーを見た相沢が、「ほら、そろそろ時間だよ」と悠奈の視線を窓の外に促した。

「わぁ……」

悠奈の口から感嘆の声があがる。視線の先には誰もが知るランドマークタワーがそびえており、点灯時間になったのだろう、それは次々と極彩色のイルミネーションを灯《とも》し、あっという間に煌びやかなモニュメントとなって悠奈を楽しませた。

さらに、店内の照明がゆっくりと暗くなる。イルミネーションに合わせた演出かと思いきや、それは悠奈の席を特別に演出するものらしく、巧妙に隠されたライトが悠奈の席と中央のステージとを照らし、二人はレストラン中の視線を集めることとなった。

「え、え？　あの、相沢さん、何が？」

「しーっ、ほら、ステージをごらん」

相沢に促されてステージを見ると、そこにはいつの間にかグラマラスな女性歌手が登壇しており、ジャズトリオの演奏に合わせて澄んだ歌声を響かせはじめた。

そして、その曲は悠奈がよく知っている、人生の節目に歌われる祝福歌だった。

「ハッピーバースデートゥーユー……ハッピーバースデートゥーユー……」

「あぁッ！」

急に何かを思い出した悠奈が小さく声をあげる。その間も歌は続き、イベントの趣旨を理解した客たちも、歌手に倣って歌に参加をしはじめた。それは相沢も同様で、あまり上手ではない歌声で「ハッピーバースデーディア悠奈ちゃん……」と続けた。

そして、曲が終わると、レストランのスタッフが割れんばかりの拍手で悠奈を祝福し、また、ノリのいい客が指笛を吹いて悠奈を祝った。

「嘘……こんな誕生日のサプライズを用意してくれていたんですか……？」

「今の今までバレてないとは思ってなかったけどね。悠奈ちゃん、誕生日おめでとう」

そう言うと、相沢が懐から小箱を取り出して悠奈に差し出す。恐るおそるそれを受け取った悠奈は、促されるままに小箱を開けると、そこには大ぶりなピンクトパーズのペンダントが入っていた。

「こ、これ？」

「着けてごらん」

見るからに値の張りそうなピンクトパーズのペンダントを、恐るおそる首にとめて位置を調整する。ドレスによって形よく引き立った巨乳に、大ぶりなピンクトパーズは非常にマッチし、ドレスで際立った悠奈の美しさを、よりいっそう輝かした。

「うむ、実によく似合っているよ、素晴らしい」

「ありがとうございます！」

感極まった悠奈が、少し涙声でお礼を言う。

誕生日のことなど、悠奈はすっかり忘れてしまっていた。そういえば実家の両親からグリーティングメールが来ていたような気がするが、毎年ほぼ同じ文章なのでスルーしてしまっていた。それだけに、赤の他人である相沢が、ここまで盛大に祝ってくれたことに、深く深く感謝し、感動していた。

（相沢さん……変態だけどすごくいい人……！）

そうして悠奈が感動の極みでいると、レストランのスタッフが足音を立てず近づき、悠奈にワイヤレスマイクを差し出していった。

「お客様、よろしければ、一言いただけますでしょうか？」

これは相沢の計画にはない、レストラン側の独自演出らしく、相沢が慌てたように「あー、悠奈ちゃん、無理に受けなくても……」と悠奈に気遣う素ぶりを見せた。しかし、悠奈は「相沢さん、大丈夫です」と断りを入れると、マイクを受け取って静かに立ち上がって言った。

「あの、レストランのスタッフさん、祝福してくださったみなさん、ありがとうございます！　私、おっちょこちょいで、自分の誕生日なのにすっかり忘れていて……でも、ここにいる相沢さんがきちんと覚えていてくれて……こんな場を用意してくれて、祝福してくれて、とてもとても感謝しています。相沢さん、ありがとうございます、大好きッ！」

満面の笑顔で、マイクで増量した声でそう叫ぶと、相沢は気恥ずかしそうに笑い、そして周囲からは冷やかすように「ヒュー！」と小さな喝采が上がった。

「えへへ、言っちゃった……」

スタッフにマイクを返して悠奈が言うと、相沢は感心した声で応えた。

「悠奈ちゃん、なんだか少し変わったね。もちろん、いいほうにだよ？」

「そうかもしれません。人前でマイクを使ってしゃべるとか、前は絶対に嫌だったのに……」

「露出プレイやコスプレで度胸がついたかな？」

「もーぅ、すぐそゆこと言うんだからー。でもぉ、そうかも」

悠奈が満ち足りた表情で自然な笑顔を作る。大人びたドレス姿のその笑みは、これまで見せた淫蕩な笑みとは違った、しかし、確かに女性の魅力を溢れさせた妖艶な笑みであった。

すると、しばらく悠奈を眺めていた相沢が、不意に懐に手を差し入れると、今度はホテルのカードキーを取り出してテーブルに置いた。

「それで、部屋はもう取ってあるんだが……？」

そのあまりにベタなセリフに思わず吹き出してしまい、そして、悠奈は変わらぬ笑顔で答えた。

「はい、もちろん。お付き合いします」

スッと、どちらともなく顔を寄せると、二人は自然と口づけを交わし合った。


部屋からの夜景も絶景であった。

先にシャワーを浴びた相沢がバスローブ姿でくつろいでいると、頬を紅潮させたドレス姿の悠奈がトイレから姿を見せた。彼女は相沢がシャワー中からずっとトイレに籠《こも》っていたのだ。

「長かったね、お腹の調子悪いの？」

「いえ、そうじゃなくって……」

少し迷うように視線を泳がせたあと、悠奈はにわかに夜景のよく見える窓に手をつくと、後ろを向いてドレスの裾をめくった。そこにあるはずの下着は存在せず、悠奈の丸く大きなお尻がそのまま相沢に向けられた。

「……あの、ウォシュレットを使って、ナカまで綺麗に洗ってきました」

「ほう、それで」

「あの、今日は本当に嬉しかったです。だから、感謝の気持ちを相沢さんに伝えたくって……こんな方法なのはおかしいかもしれませんけど、今の私にできるのは、これくらいだから」

そう言うと、むちむちの巨尻を両手で、ぐぱぁと左右に割り、小さな肛門を露出させた。

「相沢さん……悠奈の、悠奈のお尻の処女をもらってください……アナルセックス、してください……」

悠奈の懇願に相沢は満足そうに頷いた。

「わかった、それじゃ、少しほぐしてから……」

「いえ、このままおち×ちんを入れてください。もう十分に拡がっていますから」

「……大丈夫なのかい？」

「はい……あの、私が痛がっても、絶対にやめないでください」

事実、悠奈の肛門は度重なる拡張により、アナルセックスをするだけの拡張性はすでに獲得していた。それでもアナル処女を散らさなかったのは、悠奈が極度にアナルセックスを恐れ、それを相沢が察して遠慮していたからだった。

「相沢さんのおち×ぽで、悠奈のお尻の穴を乱暴に犯してくださぃ……」

「……いいとも」

興奮を抑えきれない声で相沢が答える。そして、怒張した肉棒と緊張に震える肛門とにローションを塗布すると、力を込めて肉棒を肛門に埋没させていった。

「ひぎぃ……うぁぁ……ッ！」

覚悟の言葉を言いはしたが、亀頭が肛門にめり込んだ途端、悠奈の口からは鋭い悲鳴が迸った。どうしても消えてくれない精神的な忌避感が悠奈の身体を固くする。

「悠奈ちゃん……？」

「だい、じょうぶですぅ……ナカまで一気に……ッ！」

気遣う相沢に悠奈が気丈に答える。相沢も嬲《なぶ》りたい気持ちをぐっと抑え、悠奈の大きいお尻を両手でしっかり掴むと、「一気にいくよ」と短く声をかけ、ぐぐっ、と力強く腰を前に突き出した。

「ひぃぎゃぁぁぁッッ！」

身体を中心から縦に割かれたかのような衝撃が悠奈を襲い、その口から魂消《たまげ》るような悲鳴があがる。しかし、その成果として、悠奈の肛門は見事に相沢の男根を根元まで咥え込んでいた。

「はぁはぁはぁ……入りました？」

「ああ、根元までずっぽり入ったよ……うぉ、すごい締めつけだ……！」

十分に拡張されていたとしても、やはり悠奈の肛門は狭く小さく、うっ血を心配するほど男根を強く締め付けている。

「動くよ」

「はい、悠奈のお尻の穴を、いっぱい犯してください……」

どこかぼうっとした声と表情で悠奈が言う。肛門から発する強烈な異物感と、ようやく肛門で相沢の男根を受け容れることができた満足感が、悠奈をちょっとしたトランス状態にしていた。

ずり、ずりと初めは遠慮がちに抽送していた相沢の男根は、悠奈が痛がらないのを確認すると、だんだんとその速度を速めていった。

「ひぃ、ひぃ、ひゃぁ……お尻の穴……ケツ穴がずぼずぼ抉《えぐ》られちゃってるぅ……」

次第に、処女を喪失したときと同じように、悠奈の精神が肉体を凌駕しはじめ、アブノーマルな体験による精神的快楽を悠奈は感じはじめた。

「……悠奈ちゃんはケツ穴でも感じる変態女だからね。ほら、もうおま×こからエッチな汁が溢れはじめたぞ」

「やだぁ、そゆこと言わないでぇ……」

口ではそう言いつつも、悠奈の秘裂はさらに粘度を増した愛液が溢れ出てくる。ふと、悠奈が視線を上げると、煌びやかな夜景がその視界いっぱいに広がった。そして、ガラスに反射した、淫蕩な顔をした女が、口の端から涎を垂らしながらよがっている姿が見えた。

「あはぁ、悠奈のこんないやらしい姿、街の人に見られちゃってる……」

「ああ、そうだね。ひょっとしたら、アナルセックスしているのもバレているかもしれないよ?」

「そんなの、そんなのぉ……もっと興奮しちゃいますぅ……ッ」

肛門から送られる刺激が悠奈の官能を急激に高める。痛み刺激や言葉責めですら官能を得られるように調教された身体が、今度はアブノーマルなアナルセックスによって新たな性感を得ようとしていた。

すでにローションが泡立つほどに抽送は激しさを増し、相沢の下腹部と悠奈の臀部が何度も激突して拍手に似た音が部屋に響き、そのたびに悠奈の尻肉が、だぷんだぷんと波打つように肉を揺らす。

「あ、あ……相沢さん、来る……来てる……ッ」

「俺も、そろそろ……ぐぅ、締まる……ッ！」

男と女が同時に絶頂の予感を確かめ合う。そして、互いが我慢できないと感じた瞬間、これが最後とばかりに渾身のひと突きを悠奈の腸内に叩き込み、その最奥で精液を解き放った。腸内に熱い迸りを感じた悠奈も、その熱と刺激と、腸内にナカ出しされるという異常体験とに、深く強い絶頂を感じた。

「はぁはぁはぁ……ここ最近で一番出た気がする……」

「は、はい……お尻の中で、精液がたぷたぷ揺れてる気がします……」

情事後、しばらく荒く息を吐いていた二人がようやく再起動すると、相沢が慎重に悠奈の肛門から男根を、ずぽっと抜き取った。

「……お風呂に行こうか、洗ってくれるかい？」

「はい、もちろんです」

さすがに生でアナルセックスをしたあとなので、悠奈には悪いがすぐに洗浄したかった。そうして浴室に移動すると、ドレスを脱いで全裸になった悠奈もすぐについてきて、浴槽の縁に座った相沢の前に座り込んだ。

てっきり、そのまま石鹸やボディソープで男根を洗ってくれると思っていた相沢だったが、悠奈の行動は埒外《らちがい》のそれであった。

「かぷ……」

悠奈は、直前まで自分の肛門に入っていた男根を、その口腔内に躊躇《ためら》うことなく咥え込んだのだ。

「ちょ、ちょっと悠奈ちゃん……！」

「んぐぅ……セックスのあとはお掃除フェラって仕込まれましたから」

「でも、それ」

「……ちょっと苦い気もしますけど、全然平気です」

そうは言うが、少し無理はしているようで、少しだけ震える口で、しかし、悠奈は献身的にお掃除フェラを続けた。

「……ありがとう。さすがにアストゥマウスは初めての体験だよ」

「あすとぅまうす……ああ、そういうふうに言うんですね。えへへ、勉強になりました」

そう言うと、悠奈はさらにダイナミックに男根をしゃぶりはじめた。カリ裏や袋の皺一つひとつまで綺麗に清拭《せいしき》しようとする動きは、絶頂後の男にくすぐったいような絶大な刺激を与え、しかし、それだけに男根の持つもう一つの生理現象を促してしまった。

「あー、悠奈ちゃん、ちょっと待って。おしっこ出そうだから、トイレ行かせて」

そう言って、浴槽の縁から相沢が立ち上がろうとするが、悠奈はそれに構わずフェラを止めようとしない。

「おーい、悠奈ちゃーん。トイレだってば。別に風呂場でしてもいいけど、そのままだと悠奈ちゃんにおしっこかけちゃうよ」

やや余裕がない相沢がおどけた調子で言うと、それとは対照的に真剣な声で悠奈が「いいですよ」と驚天な声を発した。

「このまま出してください、相沢さんのおしっこ、飲みます」

「え、いいの？」

「はい……あの、相沢さん」

潤んだ瞳で相沢を見上げる。

「今日の誕生日……本当に本当に嬉しいんです……あの、勘違いしちゃいそうになるくらい……でも、それは迷惑だってちゃんとわかってるんです。だから、あくまで、性奴隷として、今日の夜は終わりたいんです……じゃないと、私……」

悠奈の突然の告白に、相沢は「そっか」と短く答えた。

「わかったよ。今日は悠奈ちゃんの誕生日だからね。最後まで悠奈ちゃんの願うとおりにしてあげるよ」

「ありがとうございます……えへへ、私、とうとう相沢さんのお便所にまでなっちゃうんですね」

「ああ、俺専用の便所か……それは確かに興奮するフレーズだ……」

そこまで言うと、相沢はしっかりと悠奈の頭部を両手で固定し、前触れなく尿道の緊張を解いて、夥《おびただ》しい量の小便を悠奈の口腔内に放出しはじめた。

「ッッッッんんッ!!」

覚悟をしていた悠奈だったが、さすがに成人男性の放尿はすさまじい量と勢いがあり、また、初めて味わう尿はとんでもなく生臭くて円滑に嚥下《えんげ》できず、リスのように、ぷくー、と両頰を尿で膨らませた数瞬後、どばぁと口の端や鼻孔から尿を噴き出してしまった。

しかし、それでも悠奈は口から肉棒を離さず、ごくりごくりと喉を鳴らしながら少しずつ相沢の尿を嚥下していった。そして、尿を出しきった相沢が肉棒を、ぢゅぽんと抜きとると、それで緊張の糸が切れたのか、全身を弛緩させた悠奈が、今度は自分の尿道から慎ましい量の小便を、たらたら、たらたらと垂れ流しはじめた。

第七章　後輩ができるようです

「あー、今は攻めどき、攻めて攻めて。三秒フリーズさせるから溜め攻撃叩き込んで……よしよし角折れた！　回復？　オーケーオーケー、ちょっと待ってな……」

週末の夕方、キングサイズのベッド上。頭部にヴァーチャルギアを着けた相沢が、虚空に向かって顔も知らぬゲーム仲間とボイスチャットをしながらオンラインゲームに興《きょう》じている。

「よーし、討伐完了。次も依頼よろ。え、トイレ休憩？　ざけんな、泥アップ時間はあと三十分しかねーよ。そこらのペットボトルにやっとけ」

ふだんとはまったく口調の違う相沢が、傍目からは意味不明の会話をネットの先の誰かと交わす。

「俺？　俺は携帯トイレ完備してるから。いやいや、ペットボトルじゃねーし。ばっか、オムツでもねぇよ。お前らの想像超えてっから」

相沢はそう言うと、片足を伸ばして、ベッドに端に転がる桜色の肉塊を足先で、ちょんちょん、とつついた。

「んぁ……おしっこですかぁ？　はぁい、ただいまぁ……」

肉塊は、赤い綿紐で全身を縛られた全裸の悠奈だった。むちむちの肢体に綿紐がぎっちりと食い込み、その姿はさながらボンレスハムを想像させる。股間には極太バイブが二本、膣穴と肛門にズブリと突き刺さっており、そして一番目を引くのは、首から下げられた「便女」という文字が書かれた大きなプラカードだった。

「失礼しますね……」

手足が縛られているから、キングサイズベッドの上で身をくねらせて這うように移動し、顔を相沢の股間に埋《うず》めると、いつかの夜のように器用に肉棒を口と舌で取り出して、そのましっかりと口に咥える。

「はぁい、いいれすよぉ」

言うやいなや、相沢の肉棒から適度に勢いを調整された小便が排尿され、悠奈の口腔内をいっぱいに満たす。しかし、便女の悠奈は陶酔した表情で、えずくこともむせることもなく、ごくりごくりとスムーズに相沢の尿を嚥下《えんげ》していった。

「ごく、ごく、ごく……はぁ、ごちそうさまでしたぁ……」

全量飲み干し、淫靡な顔でお礼をする悠奈の頭を、相沢が優しい手つきで撫でる。

「いひひ、また使ってくださいね」

アブノーマルの極みともいえる飲尿プレイを事もなげにこなし、悠奈はまたベッドの端へと、相沢の邪魔にならない位置に這って移動し、そこで、こてんと横になった。よくよく見ると、荒縄で縊られた肢体は淫蕩に上気しており、股間のバイブは白濁した愛液で濡れぼそっている。尊厳の欠片《かけら》もない便女プレイを、彼女なりに存分に愉しんでいるのだ。

芦田悠奈が労務三課にやってきてそろそろ一年。相沢に調教されつづけた彼女は、変態男のパートナーに相応《ふさわ》しい淫乱女へと成長していた。

ゲームプレイが一段落つくと、相沢はヴァーチャルギアを頭部から外して、すぐに視線を悠奈に移した。

「悠奈ちゃんは……と、すごいことになってるな」

緊縛ダブルバイブで放置されていた悠奈は、顔には涙や唾液や相沢の尿を、股間からは愛液や尿や腸液を、だらだらと垂れ流している肉の塊《かたまり》になっている。

「あはぁ、相沢さぁん……」

媚びる言葉に鷹揚に頷くと、相沢は手足を縛っている綿紐を解いてやった。身体を縛る綿紐はそのままだが、手足が自由になったことで動けるようになった悠奈は、相沢に挿入されたバイブを見せつけるようにベッド上で仰向けに開脚した。

「相沢さん、どちらの穴も準備オーケーです。どっちを使いますかぁ？」

「うーん、そうだなぁ……」

相沢の手が伸び、肛門に突き刺さったアナルバイブの柄を持ち、ずぷずぷ、と乱暴に出し入れした。誕生日の夜のアナル破瓜《はか》から、悠奈の肛門性感は急速に開発され、今では肛門の刺激だけで絶頂を果たすほどだ。

「おほぉぉ……お尻、そんな乱暴に弄《いじ》っちゃだめですぅ……」

「なに言ってんだ。変態マゾの悠奈ちゃんは、激しいプレイが大好きだろ？」

「それは、相沢さんがそんなふうに私を調教したからぁ……」

「主人のせいにするとは生意気な奴隷だ。よし、今日は三穴串刺しにテグスいじめの刑だ」

相沢はそう言うと、悠奈の両手をこんどは後ろ手に縛り、さらに股縄を器用に調整して、膣と肛門のバイブが抜けないように固定してしまった。そして、頭がベッドの端からはみ出るように悠奈の身体を仰向けに寝かせると、自分はベッドから降りて悠奈の頭側に立ち、半勃ちの肉棒で、ぴたぴたと悠奈の頬を叩いた。

「ほら、口を開けろ」

「はぁい」

何をされるのか理解し、それでも悠奈は淫蕩な笑みを浮かべて大口を開けた。ベッドが頭から逆さに垂れているから、悠奈の口から咽頭はほぼ一直線になっている。

「よっと」

軽いかけ声とともに、相沢は肉棒を悠奈の口腔内にねじ込んだ。いわゆる逆さフェラと呼ばれる口淫プレイで、通常の姿勢では口腔から咽頭へは逆L字にカーブを描いているため、咽頭挿入はかなり難しいが、今の体勢では肉棒は簡単に口腔を通過し、咽頭へと至った。

「おごぉぉぉぉ……！」

窒息の淡い恐怖を感じても、悠奈の表情は変わらない。そして、肉棒が充血するのを待つ間、相沢はさらなる責め具を取り出した。

「さあ、乳首とクリもイジメてあげよう」

相沢が手にしたのは、かなり大ぶりなクリップだった。しかも、クリップの底部には丈夫なテグス糸が接続されている。彼はそのクリップを、期待と興奮とでグロテスクに勃起した乳首に、なんの躊躇《ためら》いもなく噛ませた。

「おあぁぁッッ!」

さすがに激痛が走ったのか、悠奈の身体が跳ねる。しかし、凌辱は乳首だけでは終わらず、やはり充血し小指の爪ほどに肥大した陰核にも、凶悪なクリップを噛み込ませた。

「ッッッッ!!!」

もはや悲鳴も発せず、悠奈の身体が二度三度と大きくバウンドする。しかし、彼女の抵抗らしい抵抗はそれだけで、反射的に閉じてしまいそうな口も大きく開けたまま、さらなる男の凌辱を待った。

「ようし、ち×ぽの硬さも準備オーケーだ。さあて、悠奈ちゃん、覚悟はいいかい?」

念のための確認に、悠奈が小さく頷《うなず》いたのが凌辱開始の合図となった。

「んごぉぉぉあぁぁぁッッ!」

相沢が猛然と腰を悠奈の口腔に突き込み、悠奈の喉が、ぼこぉと肉棒のカタチに盛り上がる。さらに、テグスを適度な強さでリズムカルに引き、クリップに噛まれた乳首と陰核が痛々しいほどに引き伸ばされる。

「えげぉぉぁぁッ！　いうぅぅッ！」

しかし、そんな凌辱にも、悠奈は明らかな快楽をその肉体に受容し、ひときわ強く相沢がテグスを引いた瞬間、変態奴隷の股間からは、まるで放尿のような力強い絶頂潮が、ぷしゅッと噴き上がった。

「ははっ、最高だよ悠奈ちゃん！」

心身共に極めて満足した相沢が、手早く射精するために腰の動きを速める。咽頭まで貫く肉棒、引き千切れんばかりの乳首と陰核、巨大バイブに拡張される膣と肛門。持てるすべての性感帯を強く刺激され、悠奈は疼痛と快楽と、そして多幸感のなかで何度も何度も絶頂を迎えた。


その後、絶頂から回復した悠奈が作った夕食を二人で食べ、広い浴室で過度なスキンシップをしながら身体を洗い、今は、豪奢なベッド上で、相沢が悠奈を背中から抱いて寝ながら、映画館もかくやという大迫力のサラウンド音響でのプロジェクター映画鑑賞を楽しんでいる最中だ。

「ああ、やっぱり別れちゃうんだぁ……」

「あんなに尽くした女性を捨てるだなんて、酷い男だな、この主人公は」

「切ない……」

上映している映画は悲恋モノで、悠奈のリクエストであったが、相沢もけっこう楽しんでいるようだ。

「なんであの男は、名前も知らない女を口説くために恋人を捨てたんだ？」

相沢が抱いた悠奈に「訳がわからん」というふうに尋ねた。なお、彼の両手は悠奈のむちむち巨乳をホールドし、たまに揉んでいる。

「そりゃあ、一目惚れですよ！　ガツンって落ちちゃったんです！」

「うーむ、一目惚れか……」

納得はできないが理解はしたようで、相沢は「そういうのもアリなのか……」と、噛み締めるように呟《つぶや》いた。

「でも、相沢さんもドライっていうか、サクっと縁を切っちゃうタイプじゃないんですか？　ええと、その、女の人とか……」

「まぁ、面倒臭くなったらきっぱり捨てるけど、面倒じゃないうちは手元に残しておきたいタイプだと思うよ？」

「ふーん、そうなんですねー」

ほんの少しだけ硬くなった悠奈の声に、相沢はやや苦笑したようなニヤケ顔を浮かべて、むちむち巨乳をホールドした手を、ぐにぐにと淫らに動かしはじめた。

「おいおい、不機嫌にならないでくれよ。少なくとも今は、悠奈ちゃんを手放そうなんて考えてないんだから、さ」

「別に、不機嫌になんか、なってませんよ？」

口ではそう言いながらも、悠奈の可愛いむちむちほっぺが、ぷくぅと膨れる。それが女の面倒臭い甘えたオーラだと気づき、しかし、相沢はそれを疎《うと》ましく思うどころか、拗ねる悠奈を素直に可愛いと感じていた。

また悠奈も、自分がこんなふうに男性に、ましてや自分の所有者である相沢に対して、拗ねて甘えることができるとは思わなかった。

映画がエンドロールを迎え、明確な区切りがついた。むちむち巨乳を揉む手つきはゆっくりと、だが確実に巧緻さを増し、それに比例して悠奈の口から桃色がかった吐息が漏れはじめる。

「うーむ、口で言ってダメなら、これはカラダにわからせてやる必要があるな」

「やぁだぁ、もぅ。すぐエッチで解決しようとするんだからぁ」

そう言いながらも悠奈の顔は喜色に溢れ、ちょうどむちむち巨尻の下に位置している相沢の男根を、その巨尻で、ふりふり、すりすり、と腰をくねらせ刺激する。

「おお……むちむちの尻肉がまるでロードローラーのように俺のち×ぽをならしていく……！」

「えへへ、相沢さんがエッチに育てたお尻肉ですよー」

「スーパーにアメイジングだ！」

相沢がそう叫び、いよいよ悠奈の身体を堪能せんとしたその瞬間、ベッド脇に置かれた相沢のスマホが、「クケーーーッ!!」かなりけたたましい怪鳥音を発した。

「ひぃッ！」

「げぇ……」

悠奈はその音に驚き、対して相沢はかなり嫌そうな顔をした。

「な、なんですか、この音？」

「あー、これは、九重のおっちゃんからの緊急連絡。絶対にすぐ見ないとダメなヤツ」

かなり憎々しく「タイミング考えろあのクソおやじ……」と吐き捨てながらスマホ画面を確認した相沢は、しかし、さらにその顔を困惑と嫌悪に歪めた。

「ええ、嘘だろ……」

「な、なんですか？」

いつも飄々《ひょうひょう》としている相沢の、滅多に見られない表情と感情に悠奈も困惑する。

相沢は本当に面倒そうな表情を悠奈に向けると、抑揚のない声で言った。

「急な話なんだけど、来週からウチの部署に新しい後輩の女の子が来るらしい」

予想外のその言葉に、悠奈は思わず「ふぁ？」と素っ頓狂な声をあげてしまった。

「え、あの、後輩って……その、どのレベルの後輩なんですか……？」

「いや、レベルっていうか、まんま、悠奈ちゃんの、後輩」

「悠奈ちゃんの」という一言を強調され、悠奈は一つの予想に思い至った。

「……それはつまり、私と同じ犯罪……横領をした人がいるということですか？」

「端的に言うと、そのとおり。時期的に悠奈ちゃんの後釜、交替人員ってことになるのかなぁ」

面倒臭いなぁ、と相沢が溜め息を吐いた。気分を散らすように悠奈のむちむち巨乳を揉みまくる。

「なんでそんなことに？」

「そりゃ、悠奈ちゃんっていう前例があるからだろうけど……いや、これは九重のおっちゃんの嫌がらせのパターンもあるぞ。俺に厄介ごとを押しつける気なのかもしれない」

悠奈の脳裏に、いつかの九重社長の厳めしい顔が思い浮かぶ。そして、ふと、強い違和感を覚えたが、とりあえずそれは頭の片隅に追いやる。

「……ええと、それじゃ、その娘も性奴隷扱いなんですか？」

「気は進まないけど、そういう提案はしてみるよ。まぁ、拒否ったら、普通に顧問弁護士使って追い込むけど」

「うわぁ……改めて聞くと、救いがないですね……」

悠奈の出向期間も残りわずかである。後釜と言われ、かなり複雑な気持ちになる。

「……それで、誰なんですか、その後輩になる予定の人」

相沢にとある名前を告げられ、悠奈はなんとも複雑な表情を作った。

「……あのぅ、念のために、スマホとか取り上げておいたほうがいいかもしれませんよ？」

「なんで？」

「たぶん、サクッとSNSにここのことを流そうとすると思います。秒で」

「……ブタ箱行きって脅しても」

「はい。何も考えずにやっちゃうと思います」

ちなみにこの部屋は半地下で立地的にスマホの電波は入り難く、二人は相沢の個人Ｗｉ‐Ｆｉを利用している。

「そんなに口が軽いの？　というか、よく知ってたりするの？」

「経理二課の後輩なんです。何と言うか、ワガママな娘で、仕事でもミスが多くて……それに……」

悠奈は少しの間言い淀むと、小さな声で言った。

「私を騙した男って、彼女の友だちからの紹介なんです」

「えっ、そうなの？　うーん、ますます気が乗らない……悠奈ちゃん、任せていい？」

あんまり任されたくない。そう思いながら、悠奈は相沢に気づかれないようにこっそりと溜め息を吐いた。

そして次の日、「お迎え」のため専用エレベータの前で悠奈が待っていると、約束の時間を十五分オーバーして、一人の女性社員が姿を現した。

「あ、悠奈先輩、お久しぶりです」

「うん、楓ちゃん、久しぶり」

現れたのは、悠奈の元部署、経理二課で悠奈の後輩であった久保《くぼ》楓であった。彼女は見た目から悠奈と正反対の女性で、すらっとスタイルのいいスレンダーな肢体の、顔が小さく頭身の高いモデル体型の娘であった。

「とりあえず、ついてきて」

「は、はい」

かなり緊張気味の楓を連れてエレベータを降り、豪奢なロビーを経て相沢の部屋に行く。道中、彼女は一年前の悠奈と同じく、豪奢なロビーや広い部屋に目を丸くして驚いていた。

「相沢さん、連れてきました」

「ああ、ありがとう。それじゃ、そこのソファに座って。悠奈ちゃん、飲み物三人分」

不信感を丸出しにして楓が相沢の対面のソファに座るのを見て、悠奈は内心「大丈夫かなぁ」と心配しつつ、キッチンでのんびり三人分の飲み物を用意してソファに戻った。その瞬間、「冗談じゃない！　嫌ですッ！」という楓の金切り声が部屋に響き、悠奈は思わず心の中で溜め息を吐《つ》いた。

「ああ、やっぱり……」

果汁ジュースを楓の前に置いて表情を窺《うかが》うと、彼女はすごい表情で相沢を睨みつけている。

「こんなの許されません！　すぐに警察に連絡して……」

楓が懐からスマホを取り出すが、すぐに悠奈が「はいはい、これは没収」とスマホを取り上げてしまう。

「何するんですか、悠奈先輩ッ！　返してください！」

「警察に連絡したら、困るのは楓ちゃんのほうだよ？　横領したんでしょ、世間にバレちゃうよ？　あとでスマホは返してあげるから。……あのぅ、相沢さん？」

「うん、横領金を見逃す代わりに性奴隷って条件出したら、嫌だってさ」

「当たり前でしょう！　人間を何だと思っているんですか？」

「うんうん、それは至極真っ当な意見なんだけど、それじゃ、盗んだお金、返せるの？　横領した三千万円はもう借金返済に使っちゃったんだよね？」

どうやら、一晩寝かせた悠奈とは違い、楓は横領したその日に現金化し、借金の返済に充てたらしい。しかも、金額は悠奈の三倍だ。

「それは……」

「返せるんだったら、もちろん、そっちでもいいよ。分割でもかまわない。でも、当然だけど、ウチは懲戒免職になるから、明日から無職で頑張ってね」

「うぐ……クビは嫌です……パパに叱られます……」

相沢を睨みつけるその目のまま、楓は視線を悠奈に移した。

「悠奈先輩は……この条件を呑んだんですか？」

「まぁ、他に選択肢もなかったし……」

「それで、性奴隷として一年間ですか……どんなつらさがあったのか、想像もできません……」

『いや、かなり楽しかったよ』とは言えない。それに、この一年間は相沢との二人だけの思い出だ。他人に言いたくもない。

「とりあえず、悠奈ちゃんの出向期間も残っているし、保留にしとく？　身柄は労務《ウチ》三課で預かるけど、最終判断は後日ってことで」

面倒臭さがすべてに勝ったのか、相沢が投げやりな態度で言った。

「楓クン、だっけ。三日待ってあげるから、悠奈ちゃんの仕事ぶりを見て進退を決めてくれ。ココノエ証券を辞めて真っ当にコツコツお金を返すもよし、俺の性奴隷になって一年耐えるのも良し。好きにしてくれ」

そう言うと、相沢はソファから立ち上がって自分のデスクに座ってしまった。

「そんなの……そんなの、どっちも選べるわけない……」

恥辱と怒りとで、ぶるぶる、と震える楓に、悠奈は「まぁまぁ、今日一日は、お客様気分で見学していればいいよ」と声をかけ、楓を多機能デスクの空いている椅子に座らせた。

「なんだかなー、調子狂うなー。悠奈ちゃん、いつもどおり朝礼しよっか」

「そうですね、とりあえず、一日を始めましょうか」

相沢と悠奈は阿吽《あうん》の呼吸でそう言うと、椅子から立ち上がって向かい合った。それを見た楓も、慌てて椅子から立ち上がって悠奈に並んだ。

「あの、朝礼とかするんですね」

「うん、そうだよ」

なんでもないようにそう言うと、悠奈は、いつものようにタイトスカートをめくり上げて、昨日履かせてもらったヒョウ柄のTバックショーツを脱ぎ取り、いつもどおりにパンティあやとりをして相沢に差し出した。

横の楓が、数瞬遅れて、「えッ？」と眼を剝いて驚く。

「パンティチェックお願いしまーす」

「やっぱり、柄ものは柄もののよさがあるな。またいろいろと用意しておこう」

「うふふ、相沢さんはこういうのも好きなんですね」

「いや、ちょっと待ってくださいよッ！」

いつもの会話を交わす二人に、思わずといったふうに楓が突っ込みを入れた。

「ナニやってるんですかッ？」

「ナニって……パンティチェック？」

「あたまオカシイんじゃないですかッ？」

「ひどい言い様だな。条件を呑むなら、楓クンも毎日これやるんだよ？」

「死んでも嫌です！」

「それじゃ、帰っていいよ。督促状は後日郵送するから」

相沢がそう言うと、楓は押し黙って口唇を噛むと、「……まだ、選べません」と絞り出すような声で答え、元の椅子に座った。

（迷惑だなぁ……）

悠奈も相沢も、思いもよらない闖入者《ちんにゅう》の存在を、心から疎ましく感じた。

結局、その日、久保楓はヒステリックな悲鳴を連発した。

初心に帰りエロメイド服に着替えた悠奈に「なんてもの着てるんですか、この露出

狂！」と毒づき、その悠奈にボディタッチをする相沢には「ＴＰＯを考えてくださ
い、常識ないんですかッ！」と声を荒げた。
そして、終礼時刻になった途端、楓は悠奈からスマホを返してもらうと、一秒でも
この空間にいたくないのかとっとと帰宅してしまった。無論、この部屋の出来事は口
外無用と強く念は押してある。
「……なんだか、どっと疲れた」
疲れた表情でソファに寝そべる相沢にお茶を出してから、悠奈は珍しく帰り支度を
始めた。
「あれ、今日は帰っちゃうの？」
「はい、ちょっと彼女に呼び出されてて」
「彼女」とは楓のことだろう。
「ん、まぁ、先輩にいろいろと話を聞きたいんだろうね……申し訳ないけど頼んだ
よ？　俺個人の意見としては、あんなじゃじゃ馬を乗りこなすのは嫌だから、すみや
かにお引き取り願いたい」
「はい、そういう流れになるように説得してみますね」
悠奈はそう言うと、相沢に顔を近づけて濃密なキスをたっぷり一分間してから部屋

を離れた。

そして、待ち合わせのカフェに行くと、楓はすでに席についており、はす向かいの席に悠奈が座ると、怒濤《どとう》の勢いで相沢に対する文句をぶちまけはじめた。

「なんなんですか、あの変態ッ！　悠奈先輩も、どうしてあんな変態の言うことを聞いているんですかッ？　おかしいですよッ！」

「楓ちゃん、まずは落ち着こうよ」

「落ち着いてなんかいられません！　私はもう二度とあの部屋には行きたくありません！」

「それじゃ、提案は拒否ってことでいいのかな？」

「……いえ、それはまだ決めてません」

「えぇー……」

悠奈は、もちろん自分と相沢が一般の常識から外れている自覚はある。しかし、それを口汚く糾弾しつつも、自身の進退に関する判断を先送りにする楓には、はっきりと不快感を覚えた。

「楓ちゃん、拒否するか、受け容れるか、この二択しかないんだよ？」

「……いいえ、そのどちらも選べません」

「じゃあ、どうするの？」

いい加減うんざりして悠奈が言うと、楓はニヤリと笑うと声を潜めて囁いた。

「悠奈先輩。二人であの男をハメませんか？」

「はぁ？」

「先輩もあの男に借金があるんでしょう？　だったら、あの男を強請《ゆす》ればいいんですよ！　大金持ちなんでしょう、あいつ」

「あのね……」

明確な頭痛を感じ、悠奈は内心頭を抱えた。

この後輩は昔から無鉄砲なところがあり、また、自分の行動に対する責任感が薄く、仕事上で何度も自分や二課長に迷惑をかけてきたのだ。

今も、蜜月と言ってもいい自分と相沢との関係にひびを入れようとしている。

（……自分が紹介した男がクズだったっていう自覚あるのかな……？）

昏《くら》い感情が悠奈の中に湧き起こる。しかし、楓はそんな悠奈の気持ちの変化を気にする様子もない。

（……決めた）

一つ決心をすると、悠奈は極力笑顔を浮かべて楓に話しかけた。

「……どうするつもりなの？」

「乗ってくれるんですか？　やった！　やっぱり悠奈先輩は……」

「私が、なに？」

「あ、いいえ、何でもないです。ハメるのなんて簡単ですよ。あの男の破廉恥行為を動画で撮影してネットに流すぞって脅せばいいんです。あ、もちろん、悠奈先輩の顔がわからない角度で撮りますよ」

「……どうやって撮影するの？　スマホは明日も取り上げられるよ」

「そこは考えがあります！　あの男は悠奈先輩しか見ていませんから、撮影は私がやります！」

楓の話を聞いて悠奈は呆れてしまった。何とも幼稚で無計画な内容で、しかも、基本的にリスクを負うのは悠奈だ。しかし、一年前までの自分なら、劣等感の塊《かたまり》であった自分なら、おそらく、楓の言葉に流されてしまっていただろう。

（さっきは、「悠奈先輩はチョロい」って言いかけたんだろうなぁ……）

今思えば、経理二課にいたときから、楓は悠奈を「女として」見下していたように思う。もっと言えば、雑多な業務を押しつけられる、使い勝手のいいトロい先輩と思っていたのだろう。

以前、相沢に言われた「少し変わったね」という言葉を思い出すと、悠奈は幾度か鋭い指摘をしながら、楓と計画を詰めた。そうして、満足そうな表情で彼女がカフェから去ると、一人残った悠奈はスマホを眺めながら呟いた。

「さて、いろいろ準備しなきゃ……明日は早起きだなぁ」

その表情には、焦りも気負いもなかった。


翌日も楓は遅刻をしてきた。十分前から待っていた悠奈は待ちぼうけを食らう羽目《はめ》になり、何食わぬ顔でやってきた楓に鋭い視線を向けた。

「こんな日に遅刻？」

「な、なんですか、遅刻ぐらいで怒らないでくださいよ！　今から重要な作戦なんですから！」

だからこそ遅刻などしてほしくはないのだが、自分中心にしか世界を回せない楓には理解できないのだろう。

「それで、バッグに細工はできたの？」

「ばっちりです。このスリットにスマホを入れてください。生地が黒だからわかりづらいですけど、外からスマホを抜き取れるようになっています」

「貸して」

　楓から細工したバッグを受け取ると、悠奈はしばらく具合を確認するようにバッグを弄《いじ》り回したあと、自分の肩にかけた。このバッグを中継して、楓にスマホを渡すという、何の捻りもないシンプルな計画である。

「大丈夫みたいだね。あ、そうだ。スマホケースやアクセサリーは全部外してね」

「え、嫌です。何でですか？」

　即答で否定する楓に大きな溜め息を吐くと、悠奈は冷たい声で言った。

「そんなゴテゴテしたカバーやアクセサリーをスマホに付けてたら、どこに引っかかるかわかんないよ？　チャンスは一度きりなんだから、成功確率は少しでも上げるのが当然でしょ？　楓ちゃんなら理解してくれると思うんだけど？」

「あ、そ、そんなことくらいわかってますよ！」

　ようやく理解した楓が、慌ててスマホからカバーやアクセサリーを外した。それまで、ゴテゴテした装飾がされていたスマホが、スリムでシンプルな形状に戻る。

「それじゃ行こうか。何度も言うけど、チャンスは一度きりだからね」

「わかってますよ！」

　それから二人は無言で専用エレベータに乗り、いつものように豪奢なロビーを通って相沢の部屋へ入った。

「相沢さん、おはようございます」

「……おはようございます」

「ああ、おはよう。今日は遅かったね」

相沢はいつもと変わらぬ調子でデスクに座っていた。

「さて、一日経ったけど、久保くんは去就を決めたのかな？」

「……約束では三日の保留期間があるはずです。まだ二日目です」

「ふむ、まぁ、いいさ。早めに決めたほうがいいと思うけどねぇ」

そう言って、相沢がチラリと悠奈を一瞥する。

「悠奈ちゃん、今日も楓くんのスマホを預かっておいてくれないかな？」

「わかりました。楓ちゃん、スマホちょうだい」

「……わかりました」

楓がこれ見よがしにスマホを目の前にかざしてから悠奈に渡す。悠奈はそれを受け取ると、細工されたスリットにスマホを滑り込ませた。そして、相沢からは一瞬死角になるように体の位置を入れ替えると、その瞬間、楓が器用にバッグからスマホを抜き取って懐に納めるのが見えた。そうして、悠奈がバッグを多機能デスクの上に置くと、相沢はいつもの調子で言った。

「それじゃ、いつもどおり朝礼しよっか。今日は俺が用意したパンティじゃないから、ちょっと楽しみなんだ」

「うーん、あんまり期待しないでくださいいつものパンティですよ？」

「悠奈ちゃんが穿いたパンティなら何でもいいさ」

いつもの二人のやり取りに、楓が小さく「変態どもが……」と毒づくのが聞こえた。それを無視し、いつものように悠奈がパンティを脱いで目の前にかざす。

「……お、今日は少しスジ付いてない？」

「えぇッ！　嘘、昨日ちゃんと処理したのに……」

「いや、処理が甘かったんじゃないかなぁ。ほら、もっとよく見せて」

「そんなに顔を近づけちゃやだぁ……パンティを頭に被せちゃいますよ？」

「おお、それいいね！　被せて被せて！　どっかの漫画のキャラクターみたいに！」

「もうやだ、この変態……はぁい、おパンティですよー」

悠奈が拡げたパンティを仮面のように相沢の顔に被《かぶ》せる。悠奈の視界の端では、引き攣った表情の楓が見えた。おそらく、隠し持ったスマホで盗撮しているのだろう。

「うーん、素晴らしい香りだな……興奮してきた、これはもう朝から悠奈ちゃんの身体で発散しないと収まらないな」

「えー、楓ちゃんが見てますよ？」

「見せつけてやろう。そうすれば楓くんの決心も早まるかもしれない」

「……いいえ、もうけっこうです」

イチャイチャと会話を交わす二人に、底冷えするような冷たい声で楓が言った。

「相沢さん、決めました。貴方の変態趣味には私は付き合えません。要求はお断りします」

「……ほう、それじゃ、横領したお金をコツコツ返すわけだね。まぁ、それが正道だ、頑張んなさい」

「それも嫌です。全部なかったことにしてもらいます」

楓はそう言うと、隠し持ったスマホを誇らしげに相沢に見せつけた。

「……今の破廉恥な行動は全部録画しました！　この映像をSNSに流されたくなかったら、一億円用意してください！　それと、私の仕事上のちょっとしたミスもなかったことになるよう、口利きしてもらいます！」

楓はそう言うと、勝ち誇ったようにニヤリと笑った。

「一日だけ待ってあげます。明日中に返事をしてください。返事がないなら、SNS

に映像を流します、いいですね？　明日中ですよ！」

　楓の言葉に相沢は無言で返した。その無言をいい様に解釈したのか、楓はこれで話は終わりとばかりにスマホを自分のバッグに入れ、二人に背を向けた。

「それでは、私はもう一秒たりともこの部屋にいたくありませんので、失礼します！」

　楓はそう言うと、肩で風を切るように、ずんずん、と歩いて去っていった。

　部屋に残された相沢と悠奈は、どちらともなく顔を見合わせると、同時に肩をすくめた。

第八章　なんだかんだで幸せなようです

「で、どんな流れになるの？　いちおう、悠奈ちゃんに合わせてみたけど」

「ああ、やっぱり気づいてたんですね」

「そりゃ、ね。部屋に来たときから楓くんの表情が思いつめてたから、『ああ、こりゃなんかやるな』って思ったよ」

「はぁ……お子様なんですよ、あの娘《コ》ー」

ため息交じりに悠奈はそう言うと、細工されたバッグをごそごそと漁《あさ》り、そうして、見覚えのある、そう、さっきまで楓が持っていたものと瓜二つのスマホを取り出した。

「あれ、それ、楓くんのスマホ？」

「そうです。こっちが楓ちゃんの本当のスマホ。いま彼女が持っているのは、私が用意したダミーです。といっても、数日前の楓ちゃんのバックアップデータを復元して転写したものですから、中身はほとんど同じですけど」

淡々と説明する悠奈に、相沢が感心したように頷いた。

「なるほど、でもどうやってダミーのスマホを用意したんだい？」

「あの娘、何度も注意されてるのに、たかが充電のために、社則で禁止されてる社内PCと個人スマホの接続を毎日していたんです。だから、自動バックアップデータが社内PCに残ってて、それを使いました」

「……ほう、なかなかすごいな」

サラッと悠奈は言うが、それが難易度の高いPC操作であることは、相沢もよく理解できた。

「それで、ダミーのスマホにはウイルスも仕込んであって、こっそり初期化するようになっています。画面には何も表示されませんけどね。いつの間にかデータ全消去です。だから、彼女が撮影したデータも、今頃は消えてますね」

「いやぁ、恐れ入った。悠奈ちゃん、偉い」

相沢が悠奈の頭を「偉い偉い」と撫でる。ちなみに、今も悠奈のパンティを頭に被ったままだ。

「私も聞きたいんですけど、どうして相沢さんは何もアクションを起こさなかったんですか？　私が全面的に協力していたら、わりとヤバいことになっていたと思いますけど？」

「優秀な悠奈ちゃんが何をするのか興味があってね。言っただろ？　任せるって」

「……確かに言われましたね」

「まぁ、悠奈ちゃんが万が一ポカしたとしても、俺を脅した時点で彼女はもう終わりだ」

相沢はそう言うと、自分のスマホを取り出していくつかの操作を行なった。

「はい、顧問弁護士へのゴーサイン完了。数十分後には強面《こわもて》にカチコミ食らうんじゃないかな」

「ははぁ、用意周到ですね」

「だろ？　まぁ、確かに、動画があったら面倒なことにはなったね。脅しの材料としては十分だから」

「そうなんですか？」

「うん。もちろん、権力も財力も使って揉み消すから、俺も会社も揺るがないけど、九重のおっちゃんはカンカンに怒るだろうなぁ。万が一、おっちゃんに漏れたら、この部屋を取り上げられるかもしれない」

「そうなると、相沢さんは困りますね」

「困るよー。まだまだここで悠奈ちゃんとイチャイチャしていたいから」

「そうですか……そですかぁ……」

不意に悠奈は押し黙ると、視線を一度横に泳がせてから、そうして、服のポケットから自分のスマホを取り出して言った。

「じゃーん。実は、このスマホにはさっきの動画データが生きていたりします。無線同期して保存していました」

「えっ？」

驚いた相沢が悠奈の顔を見る。悠奈は意識して表情を殺して、言った。

「さらにここで新事実なんですが、相沢さんが言う九重のおっちゃんこと、九重玄三社長と私はツーカーの仲です。直通の個人アドレスも知っています。ていうか、ワンタッチでさっきの動画を社長と共有する準備ができてます」

「……まじで？」

「まじで」

突然の事実を突きつけられ、相沢は極めて珍しく動揺した声を出した。

「……まさか、悠奈ちゃんが、そんな……」

「相沢さん、脇が甘いですよ」

「あー、それ九重のおっちゃんの口癖……そっか、本当に知り合いなんだ……」

力なく相沢の身体が椅子に沈み込む。悠奈のパンティを顔に被ったまま。

「さて、相沢さん、このデータを九重社長に流せば、相沢さんの優雅な生活は終わってしまいます。やめてほしいなら、私の要求を一つ聞いてください」

「……要求？」

力なく聞き返す相沢に、逆に悠奈は力強く「はいっ」と頷いた。

「労務三課への出向期間の変更を求めます」

「出向期間の変更？」

「はい、そうです」

「なるほど、期間の変更か……」

おそらく、芦田悠奈は、この日限りで元部署の経理二課に戻りたいと願うのだろう、と相沢は思った。そして、悠奈との性生活が終わるという予感に、相沢は意外なほど強い衝撃を受けていた。

（ああ、俺は思った以上に悠奈ちゃんを気に入っていたんだなぁ……）

そんな後悔を感じつつ、相沢は「仕方ないね……」と呟いた。

「わかったよ……悠奈ちゃんの要求を受け容れよう」

「ありがとうございます！　それで、期間の変更なんですけど……」

「うん、すぐに経理二課に戻れるように連絡しよう。まぁ、元子はすごく喜ぶと思うよ」

「あ、いえ、そうじゃないです」

「うん？」

相沢が視線を上げると、悠奈は慌てた様子で首と手をぶんぶんと振っていた。

「違います、相沢さん勘違いしてます。期間の変更はですね……」

「……変更は？」

「……一年じゃなくて、一生って、そう変更してほしいんです」

「あぁ、一生ね……一生？」

「はいっ！　一生です！」

きらきらとした瞳でそう言われ、相沢は「えぇ……」と困惑した声を発した。悠奈のパンティを顔に被ったまま。

「あのさ、それ、つまり……」

「一生、相沢さんの性奴隷として過ごしたいです。ダメですかぁ？」

潤むような眼で、上目遣いに見られる。

「もちろん、責任を取れとか、そういうことは言わないです。でも、ずっと相沢さんの傍にいたいんです……相沢さんといっぱいエッチして、またディナーにも連れていってもらって……相沢さんのごはんももっと作りたいです……」

そう言われ、相沢はやや混乱していた頭脳がようやく落ち着くのを感じた。

芦田悠奈の告白は、相沢にとって意外なものだった。しかし、それとは別に、自分が悠奈の申し出を嬉しく思っていることも、相沢には新鮮な驚きだった。

「……いいのかい？　自分で言うのもなんだけど、俺はけっこうヤバい男だよ？」

「私を騙して捨てた男よりは、一億倍もマシだと思います」

「それ、比較対象悪くない？　ああ、でも、そうだなぁ……」

「ダメ、ですか……？」

「……ダメじゃないよ」

とうとう、決心をしたように相沢は大きく頷いた。

「いいよ、悠奈ちゃんの面倒は俺が一生見よう。その代わり、飼い主にはちゃんと従うんだよ？」

「はいっ、もちろんです！」

「もっとエッチなことを要求するかもしれないよ？」

「楽しみです！」

「避妊に失敗して子供ができちゃうかもしれない」

「もちろん産みます。認知もしてもらいます！」

「じゃ、結婚するか」

「はいっ！　……え？」

「よし、それじゃ、性奴隷調教改め、今から花嫁調教だ。もっと俺好みの女になるように仕込んでやる」

相沢はそう言うと、悠奈をやさしく多機能デスクに押し倒した。

「言質《げんち》は取ったからな。反故《ほご》はなしだ」

「はい……あのぅ、相沢さん、嬉しいです……」

押し倒された悠奈がそっと目をつぶる。相沢はそんな悠奈にそっと顔を寄せ、誓いのキスを交わそうとした。そして……。

「あの、いつまでパンティ被ってるんですか？　それじゃ、キスできないと思うんですけど？」

「ようやくツッコんでくれた！」

相沢はホッとしたように顔に被った悠奈のパンティを剝ぎ取ると、待ちかねたように情熱的なキスを悠奈と交わした。

「この日に着せたいコスプレ衣装があるんだ」

キスのあとにそう言うと、相沢は悠奈を寝室に誘った。そうして、コスプレ衣装が収められているクローゼットを開くと、一つの純白の衣装を悠奈に渡した。

「これは……ひょっとして、ウエディングドレス……？」

「そう、そのとおり。もちろん、エロくアレンジはしてあるけどね」

「……わぁ、ウエディングドレスなのに布面積小さぁい。あのぅ、これ、おっぱいの部分だけ布がないんですけど？　あと、ガーターベルトだけで下に穿くものがないんですけど？」

「うん、そういうデザインだからね」

「……すごいなぁ、よくこんなの作るなぁ」

そう言いながら、悠奈は何の躊躇《ためら》いもなく、相沢の目の前で生着替えを行なった。

相沢の用意した卑猥なウエディングドレスは、悠奈が言ったとおり、長手袋と純白のストッキングとガーターベルト、そして薄いヴェールと全体的にウエディングドレス風であるが、股間や胸部は申し訳程度のフリルが文字どおり「乗っている」だけのもので、悠奈が少し動いただけで、むちむちの巨乳と巨尻がポロリとその姿を見せた。

「本番は、ちゃんとしたの着せてくださいね？」

「検討はしよう。さあ、ベッドに横になって」

エロウエディングドレスを着た悠奈が、相沢の指示どおりにベッドに仰向けに寝る。純白の衣装に身を包んだ彼女がそうすると、まるでベッドに一輪の花が開いたかのような印象を受けた。

「……悪趣味なエロ衣装だけど、こうしてみると、神秘的な美しさを感じるな」

「そうですか？　生地がいいからでしょうか？」

「いいや、違うね」

覆い被さるようにして悠奈に身体を近づけ、耳元で囁く。

「悠奈ちゃんが着ているからさ。最初から、俺はコスプレ衣装じゃなくて、それを着る悠奈ちゃんに興奮してたんだ……今、やっと気づいたよ」

「わ、わぁ、そういう殺し文句を言われると……恥ずかしいです……」

心地よい羞恥に悠奈が顔を両手で覆う。すると相沢はそれを合図とばかりに、重力に逆らって天に、ツンと隆起している悠奈のむちむちの巨乳を両手で覆うと、大きめの乳輪を手のひらで擦るようにして愛撫を始めた。

「ひぁ、乳首……相沢さんに乳首弄《いじ》られるの、好き……」

うっとりとした声色《こわいろ》に艶が帯びる。その言葉に気をよくしたのか、相沢の愛撫は次第にダイナミックなものに変わっていき、むちむちの巨乳はその姿をゴムまりのように、ぐねぐねと形を変える。

「俺も大好きだよ、悠奈ちゃんのむちむちおっぱい。サイズ大きくなったよね？」

「はい。相沢さんに揉まれたらいつの間にかIカップになってました」

「素晴らしい……おお、この乳圧よ……」

悠奈のおっぱいは、その小柄で巨乳という矛盾した特徴により一つの特長を得ている。それは、乳間が異常に狭く、乳肉の密着具合が凄まじいことだった。相沢がむちむち巨乳を左右に割り開くと、乳圧で閉じ込められていた空気が、むわっとその熱い臭気を漂わせる。

「いやぁん……おっぱいの臭い嗅いじゃヤですぅ……」

「これだ……このロリ巨乳が俺をいつも狂わせるんだ……」

「えへへ……それじゃあ、おっぱいでおち×ぽ挟みましょうか？」

「悠奈ちゃんの下のお口も弄りたいから、シックスナインでいこう」

相沢のその提案に、悠奈は恥ずかしそうに頷いた。さまざまな異常羞恥を経験してきた悠奈だが、好きな男性に己の秘部を晒すのは、また違った新鮮な恥ずかしさがある。

「では、失礼します……」

相沢と体を入れ替え、顔を跨ぐように体を密着させると、目の前には相沢の男根が痛いほどそそり立っている。

「ひゃぁ、もうこんなになっちゃってる……ぁあんッ！」

勃起した男根に躊躇していると、相沢が遠慮なしに悠奈の秘所を愛撫しはじめた。

悠奈も負けじと、亀頭をその小さな口で咥え、宣言どおりに男根の竿を巨乳でしごきはじめた。

「くぅ……吸いつくような乳の感触が堪《たま》らん……」

「イッひゃっていいれすよぉ……」

口に亀頭を含んだまま悠奈が射精を促すが、相沢は「いや、簡単に白旗は上げん！」と妙に対抗意識を燃やして秘裂のペッティングを再開した。

しばらく、男と女の甘い勝負がベッドの上で続いた。悠奈はこれまで培《つちか》った性奉仕技術を遺憾なく発揮し男を追い詰め、相沢も感じやすい悠奈の秘裂、陰核、そして肛門を激しく愛撫した。しかし、この勝負は結局勝ち負け付かずで終わってしまった。

「……ダメだ、舌がおま×こに届かない。悠奈ちゃんはおち×ぽや玉を舐め放題なのに、これはずるい」

「えぇ、だって、しょうがないじゃないですかぁ」

シックスナインの体勢になると、身長差があるため、どうしても相沢の口が悠奈の秘所に届かずクンニリングスが困難になるのである。

「やだ、俺も悠奈ちゃんのおま×こ舐めたい！」

「んもぅ、それじゃどうするんですか？」

「悠奈ちゃん、俺の顔に座って」

「はい？　座る……？」

相沢の意外すぎる命令に、悠奈は鸚鵡返しに聞き返してしまった。

「ええと、相沢さんの顔の上に、お尻を置いて座る、ということですか……？」

「そのとおり、早く早く！」

「ひぇぇ……そんなの畏れ多いというか、恥ずかしすぎるというか……」

「は・や・くッ！」

「わ、わかりましたッ！」

相沢の強引な指示に動かされ、悠奈は、おずおず、と相沢の顔に狙いを定めると、和式便所に座るように蹲《うずくま》り、その秘裂を相沢の顔に密着させた。

「おお……この尻の圧力……こいつも堪らん……」

悠奈のむちむちパーツナンバーワンである巨大な尻肉が相沢を襲う。それは同じくむちむちパーツであるデカい太腿と協働し、相沢の顔を三方向から挟み込む肉のギロチンであった。その密閉感すら感じる肉の暴力に、さらに秘裂から多量に分泌された愛液が甘い洪水となって追い打ちをかける。

男性としては屈辱的なこの顔騎姿勢に、しかし、相沢はさらなる興奮を覚えて猛然と密着する秘裂を口と舌でクンニした。敏感な部分を今だかつてない激しさで責められ、悠奈は腰が抜けるような甘く強い快感を覚えた。

「ひにゃぁあッ！　おま×コッ！　クリちゃんも……ッ！　そんないっぺんに舐めるだなんて……ッ！　感じすぎちゃいますぅッ！」

顎と背中を反らして快感を示す。すると、甘く痺れた下半身が力を失い、悠奈の臀部がさらに深く沈み込み、結果、完璧に相沢の顔に密着してしまった。

「………ッッ！」

むちむちに完璧に息の根を止められ、呼吸を断たれた相沢は、しかし、それでも悠奈へのクンニをやめなかった。

「ひぁぁあん……ッもう、もう……そろそろ……イク……あ、あれ……？」

快感に没頭していた悠奈の嬌声が不意に止まった。それは、むちむちによって酸素供給を断たれた相沢の動きが、とうとう緩慢なものに変わってしまったからだった。

「……ああッ！　相沢さんの息が止まっちゃってるッ？」

ようやく己《おのれ》の尻肉が窒息を助長していることに気づいた悠奈が、慌てて腰を上げた。愛液や唾液や、その他諸々《もろもろ》の体液とが混ざり合った異常に粘度の高い混合液が、キラキラと幾条もの銀橋を顔と尻とに架ける。

「あ、相沢さんッ！　生きてますかッ？」

「………ああ」

「よ、よかったぁ……」

「あのまま……あのまま死んでもいいと思うくらいには、幸せな時間だった……むちむち万歳……」

「結婚式より先に未亡人になるなんて、嫌ですよぅ……」

このバカぁ、と、悠奈は可愛らしい口唇で相沢の額に触れて言った。

「それじゃ、挿れますよ……」

相沢の姿勢はそのまま、騎乗位の体勢でウエディングドレス姿の悠奈が腰を沈める。怒張した男根が濡れぼそった秘裂に触れ、そのまま、ずぶずぶ、と悠奈の小さな身体に埋没していく。

「あぁ……奥まで届いてます……ッ！」

ぺたん、と腰を相沢に降ろし、肉棒の味を膣内で噛みしめながら悠奈が嘆息する。軽い絶頂も迎えたのか、その結合部からは新たな愛液が、たらたら、と溢れ出していた。

「こぉら、前に教えただろ。この姿勢は悠奈ちゃんが動かなきゃダメでしょ？　ほーら、ムーブムーブ！」

「は、はいぃッ。頑張りますッ！　んぁあんッ！」

相沢にそう促され、悠奈は両手を相沢の胸に着くと、まるでカエルがぴょこぴょこと飛び跳ねるように、小さな身体をダイナミックに上下させた。瞬間、股間から新たな快楽が悠奈を貫き、悠奈はだらしなく舌を出して快感に喘いだ。

「やだぁ、これぇ……ッ！　おま×この奥にごんごん当たっちゃうぅッ！」

興奮で桜色に染まった悠奈の肌から官能の汗が飛沫となって飛び散る。そして、上下運動によってエネルギーを与えられたむちむちの巨乳が、ときにはタイミングを合わせて、ときには互い違いに、ぶるんぶるん、とダイナミックに揺れた。

「ブリリアント！　素晴らしい景色だ……最高だよ、悠奈ちゃん！」

「相沢さんが喜んでくれてッ！　私も嬉しいですッ！　あぁんッ！」

杭打ちのように、ばつんばつん、と腰を打ち据えた悠奈は、しかし、不意にその動きを止めると、その口から「あぁぁ……」と震えた声をあげた。

「あぁ……　ご、ごめんなさい……急に気持ちいいのが来て……先にイッちゃいましたぁ……」

「悠奈ちゃんはイキ癖ついてるからね、仕方ないね」

申し訳なさそうに絶頂を告白する悠奈に、相沢が優しく声をかける。

「しかし、そうだな……よし、それなら穴と向きを変えようか」

「穴と向き……？　あ、わかりましたぁ」

悠奈は淫蕩な笑みを浮かべてそう言うと、一度膣穴から肉棒を、ずるり、と抜き取り、そうして、体勢を百八十度回転させ、相沢に背を向ける背面騎乗位の体位を取った。

「アナルで相沢さんのおち×ぽを食べちゃいますね！」

誕生日の夜から急速に開発が進んだ小さな肛門を、愛液でテラテラと光る亀頭にピタリと当てる。そうして、下腹に力を入れて絶妙にいきみながら腰を落とすと、肉棒は驚くべきスムーズさで悠奈の腸内に呑み込まれていった。

「あはぁ……おち×ぽヌルヌルだったから、ぬるんって入っちゃった……」

相沢からは見えないが、きっと今の悠奈はだらしない表情をしている。そう思えるほど蕩けきった淫声が悠奈から発せられた。

「こっちは……こうですッ！」

肛門に肉棒を呑み込んだ悠奈は、先ほどの上下運動とは異なり、肉棒の根元を支点にして、前後左右、そして円を描くグラインド運動を始めた。その動きのたびに、強烈な肛門の締めつけが肉棒を強くしごき、全体で締めつける膣内とはまた違った快楽を相沢にもたらした。

「おぉ、ち×ぽが肛門にごしごしごかれてら……この淫乱娘はどこでこんなテクニックを覚えたんだ？」

「相沢さんが仕込んだんじゃないですかぁ……フェラも、セックスも、アナルセックスも……痛いのも恥ずかしいのも、ぜーんぶ相沢さんが教えてくれたんですよぅ

「……」

「そうだな、全部俺の仕込みだったな！」

その言葉に気分をよくした相沢が、眼前に躍る悠奈の巨尻に不意に平手を張った。パシィンッ！という小気味い音が寝室に響き、「んひぃッ！」という悠奈の嬌声とともに、大きな尻ぼたに朱い手形がくっきりと刻まれた。

「やらぁ、もっと叩いてぇ……！」

「おらおら！叩くたびに締め付けやがって、この変態娘ッ！」

幾度となく、パシィンッ！パシィンッ！と打擲《ちょうちゃく》が続けられ、その衝撃のたびにだらしない尻肉が、どたぷんどたぷん、とさざ波を打って悦びを表現する。巨尻はあっと言う間に朱い肉玉と化し、興奮が閾値を突破した相沢は、がばっと身を起こして、繋《つな》がったまま体位を器用に正常位に変えた。

「もう俺も限界だ。最後は思いっきり突いてナカに出すぞ」

「はい、あのぅ、相沢さぁん」

「ん、なんだい？」

潤んだ瞳の、ウエディングドレス姿の悠奈が言う。

「最後は……おま×このナカで出してほしいです……せっかくお嫁さんの恰好してい

るんですから……」

「……ッ　そうか、わかった！」

わずかに逡巡《しゅんじゅん》してから、相沢は首肯《しゅこう》して肉棒を抜くと、これくらいはとベッドのシーツですばやく丹念に肉棒を拭《ぬぐ》い、そして、完全に愛液で潤み妖しい花を咲かせている悠奈の秘裂に、再度肉棒を挿入した。

「じゃあ、行くぞッ！」

「はいッ！」

両手を恋人繋《つな》ぎに繋ぎ合わせ、腰を前後に激しく抽送する。肉棒に掘削された膣穴は愛液の飛沫を何度も上げ、そのたびに軽い絶頂が悠奈を襲う。

この一年、数えきれないほどセックスをしてきた。あらゆる場所で、あらゆる体位で、あらゆるシチュエーションで、セックスをしてきた。そのどれもが悦楽の記憶であるが、今、この瞬間のセックスが、過去最高の、素晴らしい多幸感に満ちた極上のセックスだと二人は心の底から感じた。

「すごい。幸せです、相沢さん！」

「俺も、こんなに幸せなセックスは初めてだ……」

ふと相沢が、照れたような顔をして悠奈に言った。

「なあ、『相沢さん』なんて他人行儀な呼び方しないで、名前で呼んでくれよ」

「ふぇ？」

そう言われた悠奈は、一瞬だけ、きょとんとした顔つきになり、次いで、満面の笑顔を形作り、そして、その眼の端からは喜びの涙を流し言った。

「国次さん、国次さぁん。ああ、私の旦那様！　国次さん！」

「くぅ……なんて可愛い花嫁なんだ……ッ！」

ウエディングドレス姿の悠奈を抱き、感情に任せて相沢が猛烈に腰を振る。啄《ついば》むようなバードキスを何度も交わし、男の手がむちむちの肢体を、宝物を扱うかのように丁寧に愛撫する。そして、

（あ……おま×このナカで、おち×ぽが大きくなってきたぁ……！）

男の限界を敏感に察知すると、悠奈の両脚が、自然と、本能に従い、クワガタの鎌のようにがっちりと相沢の腰に挟みついた。それを相沢は、むしろ喜ばしく思い、そんな自分を意外にも感じず、最後のトドメとばかりに強烈な一撃を悠奈の膣奥に叩き込んだ。

「ひぃやぁぁぁッッッ!!　イックぅぅぅぅッッ!!」

「出すぞッッ!!　ああッ!!」

肉棒の先端が爆発するような強烈な快感が相沢に走り、その直後、夥《おびただ》しい量の精液が炸裂弾のように悠奈の子宮に叩きつけられた。極めて強く、そして温かな快楽が悠奈の全身に行き渡り、愛情からもたらされた多幸感に包まれて、悠奈は満ち足りた笑顔を相沢に向けた。

エピローグ

紅白の垂れ幕、着飾った参列者、見映え重視の五段積みケーキ……。

時はあっという間に流れ、今は相沢国次と芦田悠奈の結婚式、その披露宴の真っ最中である。

「……でありますから、ひょんな部署異動から始まった二人の交流は、確かな愛へと成長し……」

スピーチ席では仲人を務める九重玄三社長が、虚実織り交ぜた二人の馴れ初《そ》めを紹介している。

高砂《たかさご》に座る主役はというと、相沢は見事なまでにガチガチに緊張しており、スピーチの後に出席者が祝いの言葉を言いにやってきても、対応するのは主に悠奈であった。

「悠奈……あんた、本当に綺麗よ……」

そんななか、悠奈の元部署である経理二課長がビール片手にやって来て、悠奈に祝福の言葉をこれでもかと送った。

「課長……ありがとうございます……」

悠奈は感極まった声でお礼を言い、そして、不意に経理二課長に顔を近づけると、小声で囁《ささや》いた。

「本当に……いろいろ、いろいろとありがとうございました。おかげで最高の旦那様ゲットです」

「……まぁ、こんなに上手《うま》くいくとは思っていなかったけど……あの変態には首輪を着けられたし、楓っていう問題児もうまく排除できたし……」

「で、あの男はどうなったんです？」

感情を押し殺した声で悠奈が言う。それに応える二課長の声も、かなり冷たい。

「さぁ……カニ漁船に乗ったことまでは知っているけど、それからは知らないわ」

冷徹な表情を見せたあと、二課長が呆れたように苦笑する。

「いやぁ、しかし、悠奈がここまで相沢君とフィーリング合うなんて、思ってもみなかったわ。相沢君、しっかり悠奈に面倒見てもらうんだよ！」

「あ、誰か俺を呼んだ……？　あ、元子……？　なんで元子がここいるの？　えっと、次の予定はなんだっけ？　えーと、えーと……」

「ああ、こりゃダメだ」

茫然自失挙動不審な相沢を放っておいて、経理二課長・九重元子は再び悠奈に向き直った。

「下手《へた》したら、コレとあたしが結婚する羽目《はめ》になってたんだからねぇ……」

「初顔合わせでビンタしたんでしたっけ？」

「だってコイツさぁ、いきなりバニースーツ着せようとするんだよ？」

「それは……この人やりそうですね」

「ホント、あんたみたいな聖女じゃないと、こんな変態男の相手は務まんないわよ」

そう言うと、二課長はさらに声を潜めて囁いた。

「ねぇ、あの部屋で、どんな退廃的な生活してたのよ……？　いつかのボイスチャット、明らかにナニかやってたでしょ……？」

「えへへ、それは想像にお任せします」

「……ひょっとして、今もナニかやってたりするの……？」

二課長が、見事なウエディングドレス姿の悠奈を見る。青を基調とした豪奢な衣装を着た悠奈の顔は、メイクとはどこか違う、色気のある紅潮をしている。

「さーて、どうなんでしょうねぇ……」

悠奈が不意に二課長の手を取り、自分の下腹部にそっと当てさせる。

すると、二課長の手のひらに、おおよそ人間の胴体からは感じるはずのない、規則正しい機械的な振動が感じられた。

「え、えぇー、マジで……？」

「いひひ♪　ナイショです」

淫靡で淫蕩な、そして素直な笑顔で、花嫁は笑った。

◎本作品の内容はフィクションであり、登場する個人名や団体名は実在のものとは一切関係ありません。

◉新人作品**大募集**◉

マドンナメイト編集部では、意欲あふれる新人作品を常時募集しております。採用された作品は、本人通知のうえ当文庫より出版されることになります。

【応募要項】 未発表作品に限る。四〇〇字詰原稿用紙換算で三〇〇枚以上四〇〇枚以内。必ず梗概をお書き添えのうえ、名前・住所・電話番号を明記してお送り下さい。なお、採否にかかわらず原稿は返却いたしません。また、電話でのお問い合せはご遠慮下さい。

【送付先】 〒一〇一－八四〇五 東京都千代田区神田三崎町二－一八－一一 マドンナ社編集部 新人作品募集係

巨乳むちむちロリータOL《きょにゅうむちむちろりーたおーえる》 処女奴隷のコスプレ恥獄《しょじょどれいのこすぷれちごく》

二〇二四年 一 月 十 日 初版発行

著者◉天城しづむ【あまき・しづむ】

発行◉マドンナ社
発売◉二見書房 東京都千代田区神田三崎町二－一八－一一
電話 〇三－三五一五－二三一一(代表)
郵便振替 〇〇一七〇－四－二六三九

印刷◉株式会社堀内印刷所 製本◉株式会社村上製本所 落丁・乱丁本はお取替えいたします。定価は、カバーに表示してあります。

ISBN978-4-576-23144-0 ◉Printed in Japan ◉©S.Amaki 2023